Margarethe All

Eisenzahn und Feenstaub

(fast) göttliche Weihnachten

Inhalt

Margarethe Alb

M arie starrte zunehmend genervt auf den knallgelben Schreibblock mit dem Logo eines lokalen Getränkemarkts vor ihr. Einzig eine säuberlich ausgefüllte Spalte mit zwölf Namen hatte sie zustande gebracht. In zwei Stunden, wohlgemerkt. Sie war schon wieder genervt von diesem Weihnachtsrummel, obwohl die Vorweihnachtszeit gerade mal so in den Kinderschuhen steckte.

Marie hatte sich doch glatt eingebildet, dass es ihr hier, unter der hellen Sonne des Mittelmeeres leichter fallen würde, die genialen Ideen für die besten Weihnachtsgeschenke aller Zeiten sammeln zu können. Aber daraus wurde wohl doch nichts.

Seufzend schob sie den Block zurück und warf den Stift daneben. Vor dem Fenster räkelte sich eine der gestreiften Katzen, die sie offenbar mit dem kleinen Häuschen übernommen hatte, in der Novembersonne. Der Ausblick war mitsamt der Katze himmlisch. Nach einem Regentag erstrahlte der Garten mit seinen Olivenbäumen und dem gerade wieder sprießendem Gras in frischen Farben. Dahinter hatte das Meer eine tiefblaue Farbe angenommen.

Nur vereinzelte Wattewölkchen trübten das helle Blau des weiten Himmels darüber. Sie sollte eigentlich glücklich und zufrieden sein. Aber was bedeutete das schon. Marie gäbe wer weiß was darum, durch kalten Schneematsch zu waten und den Schal eng um den Hals ziehen zu können. Aber man hatte sie hierher geschickt, um von ihrem Studium und den beiden Nebenjobs einmal so richtig auszuspannen und nebenbei eine winzige Aufgabe zu erledigen. Allerdings hatte Frau Margarethe versäumt ihr mitzuteilen, dass sie etwas anderes unter winzig verstand, als andere Wesen.

Der alten Verantwortlichen über die frechen Jungdrachen Mitteldeutschlands fiel es womöglich leicht, die Aufsicht über eine Gruppe einjähriger Welpen zu halten. Aber Marie war längst nicht so abgebrüht oder erfahren wie sie. Die Jungtiere machten ihr das Leben rund um die Uhr schwer. Nicht, dass diese ungehörig oder bissig wären, aber es war einfacher, einen Sack Flöhe beieinander zu halten.

Gerade eben war die Gruppe geschlossen unterwegs. Von ihrem Platz aus konnte Marie beobachten, wie die fünf armlangen Welpen sich im Fischen versuchten. Wieder und wieder tauchten die kleinen, spitzen Schnauzen ins, an einer seichten Stelle türkisblaue, Meer ein, um qualmend und dampfend wieder aufzutauchen.

Offenbar mussten sie erst noch lernen, dass ihre Feuerstrahlen sich nicht für die Jagd unter Wasser eigneten. Einer ihrer Schützlinge versuchte sich gerade an einem besonders steilen Sturzflug, der mit viel aufsteigendem Dampf und einem funkenniesenden Drachen endete. Marie verlies ihren Beobachtungsposten und trat durch die weit

7

offenstehende Tür auf die kleine Terrasse und ging die kleine Treppe hinunter zum Strand.

Die groben Kiesel glänzten, noch feucht vom Regen der letzten Nacht, erstaunlich farbenfroh in der schräg stehenden Sonne. Sie suchte sich einen der größeren runden Steine am Ufer heraus, legte ihr Tuch darauf und ließ sich nieder. Sie hatte kaum die Augen geschlossen, um sich die Sonne ins Gesicht scheinen zu lassen, als etwas nasses glitschiges ihr direkt in den Schoß platschte. Ein hohes Kreischen bestätigte ihr das Unglück. Einer der Welpen hatte sie mit seinem ersten eigenschnauzig gefangenen Fisch beglückt. Sie schlug die Augen auf und grinste trotz des zappelnden Fisches auf ihrer Hose. Ausgerechnet der Kleinste ihrer Truppe hatte es zuerst verstanden, dass er zuschnappen und nicht rösten musste. Fröhlich flatternd machte er sich bereits daran, seinen Erfolg zu wiederholen.

Kurz darauf hatte es auch der Rest der Gruppe begriffen und allesamt lagen sie zufrieden schmatzend im Sand. Der Anblick entschädigte Marie beinahe für die Anreise auf das kleine Inselchen irgendwo in der Ägäis. Der Trip war für sie horrormäßig anstrengend gewesen.

Zwar hatte Margarethe alles ziemlich perfekt vorbereitet, aber mit Welpen draconischer Arten zu reisen war eben nichts für Wesen mit schwachen Nerven.

Margarethe und ihr hexisches Gegenstück Anna Dragoner, die beim Amt für fantastische Lebensformen eigentlich für Hausdrachen verantwortlich zeichnete, hatten sämtliche Genehmigungen besorgt.

Die Welpen waren von ihnen durchgeimpft worden und geeignete Transportboxen hatten sie ebenfalls zur Verfügung gestellt, aber niemand hatte Marie wirklich auf die Reise vorbereitet. Vor allem, weil sie vorher nie mit Draconiden zu tun gehabt hatte. Eigentlich hatte auch keiner ihrer Lebenspläne Drachen inkludiert gehabt, bevor Margarethe mit der Bitte, einen Urlaub mit der Überstellung der Welpen zu verbinden, an sie herangetreten war.

Der Flug von Frankfurt nach Athen war noch vergleichsweise glatt verlaufen. Die Hexe hatte das Verladen der Transportboxen überwacht und die Papiere mit der Airline besprochen. Die Welpen hatten kurz zuvor jeweils einen Brocken Fleisch mit einem leichten Sedativum bekommen und gingen als vergleichsweise Nachzuchten von Waranen für den Athener Zoo auf die Reise.

M arie hatte in der Businessclass Platz genommen und ein gutes Buch gelesen. Lizanne Renards erotischer Thriller „Leonora" hatte sie bis zur Landung gefesselt und sogar kurzzeitig ihre Schützlinge im Frachtraum vergessen lassen.

Mit dem Entladen der Boxen begann dann ihr ganz persönlicher Thriller. Hatte sie sich beim Schmökern in „Leonora" schon gegruselt, war die Realität noch einmal etwas ganz anderes. Vor allem war sie irgendwie irreal.

Das Beruhigungsmittel wirkte nämlich nur ganz genau bis zu dem Augenblick, als sie die Boxen im Laderaum des, bereits von Deutschland aus gemieteten, Kleintransporters untergebracht hatte.

Kaum hatte Marie das Navi ihres Handys programmiert und den Motor gestartet, ging das Theater hinter ihr los. Mit dem Erreichen des Athener Zoos, den sie tatsächlich anfahren musste, war auch die letzte der angeblich draconidengeeigneten Reiseboxen in ihre Einzelteile zerlegt worden.

Was wohl ganz normal war, wie ihr der bereits wartende Tierarzt lachend bestätigte. Dieser warf den Welpen rasch einige präparierte Fleischbrocken zu und schoss mit dem

Blasrohr zusätzlich Betäubungspfeile auf die Jungtiere ab. Es dauerte dann auch nur haargenau ein Tässchen des teerdicken, starken Kaffes lang, bis lautes, Schnarchen aus dem Laderaum drang.

Nacheinander trugen mehrere Tierpfleger die schlaff durchhängenden Drachen in die etwas speziell ausgestattete Tierklinik des Zooparks.

Soweit Marie informiert war, handelte es sich bei dieser um Europas einzige Klinik, die auf die Behandlung und Vorsorge für Draconiden spezialisiert war. Was bedeutete, dass auch Margarethe den, hin und wieder auftretenden, mitteldeutschen Nachwuchs nach Athen schaffte, oder den Doc sogar nach Thüringen einfliegen ließ. Da die Kleinen aber zur neuen Aufzuchtstation auf die kleinen Insel Nissiros in der östlichen Ägäis gebracht werden sollten, hatte sich der Besuch bei Doktor Nikolaos in Athen geradezu angeboten.

Jahrtausendelang waren die Jungtiere während ihrer Flegeljahre zum Feuerberg, dem heutigen Stromboli, gebracht worden. Dort konnten sie den Umgang mit ihren Kräften, vom Menschen ungestört, erlernen und sich auszuprobieren. Vor einiger Zeit hatte Italien allerdings dann beschlossen, dass die Einkünfte aus der touristischen Erschließung der Vulkaninsel den Nutzen als Drachenhort überwogen und die uralten Verträge gekündigt.

In einer geheimen Sitzung des EU-Parlamentes war man dann dem Vorschlag einiger griechischer Abgeordneter gefolgt und hatte dem Aufbau eines Hortes auf der kleinen, kaum bewohnten Insel mit dem riesigen Vulkankrater

11

zugestimmt. Der verantwortliche Experte, ein gewisser Dr. Hephi Deos, war schon am Stromboli der Leiter der Drachenhorte gewesen und hatte nun eine neue Station in der Ägäis unter sich.

„Die Jungs und Mädels schauen recht gut aus. Fünf von ihnen sind zur sofortigen Auswilderung im Hort gut geeignet. Aber diese hier," der Doc deutete auf einen Welpen mit einer besonders farbenfrohen Zeichnung, „wird außerhalb der Fürsorge menschenartiger Wesensformen nicht überleben können." Wie bitte? Nicht auch noch das. Mit zusätzlichen Komplikationen konnte Marie nicht auch noch umgehen. Im Geiste verfluchte sie Margarethe, die ihr diesen Auftrag ja aufgedrückt hatte.

Marie starrte die kleine Dame an. Gerade in dieses Tier hatten Margarethe und Anna Dragoner große Hoffnungen gesetzt, war sie doch einer der letzten Nachfahren des berühmten Fafnir, von dem schon die Nibelungenlieder und die Edda berichteten.

„Schau, ihr Gebiss." Der Tierarzt zog die Lefzen der Kleinen zur Seite und entblößte einen wahren Irrgarten aus krummen Zähnchen. Jetzt war klar, warum der Welpe nicht richtig fraß und viel dünner und kleiner war als seine Artgenossen. Die hatte bei dem Gewirr im Schnäuzchen gar keine Chance, richtig zu reißen und zu schlingen. Die Zähnchen standen so verquer, dass sogar der Weg zum Schlund eingeengt wurde.

„Ich kann ihr helfen, aber das wird nicht einfach. Wir müssen einige Zähne entfernen und die verbleibenden richten. Dann wird sie zumindest fressen können, wenn

12

auch nicht jagen. Das Gebiss wird für immer eine ihrer Schwachstelen bleiben. Die einzig andere Alternative wäre, sie von zukünftigem Leid zu erlösen. Ein normales Drachenleben wird sie nie haben. Es gibt nur diese Alternativen. Entweder ich behandle sie, aber trotzdem würde sie in der Zukunft nicht eigenständig jagen können, oder ich beende es hier und jetzt."

Marie schluckte.

„Ich werde gleich mit Margarethe reden und es ihr mitteilen. Dann kann entschieden werden, was passiert. Das Tier ist ziemlich wertvoll und daher vermute ich, dass sie der Behandlung zustimmen wird."

Marie griff zum Smartphon und wählte Margarethes Nummer.

Kurz darauf stand fest, dass die Kleine gerettet werden musste und einer der Tierpfleger legte sie in eine Box, die mit kuscheligen Lavabrocken ausgelegt war.

N un saß Marie also auf einem winzigen Eiland fest, solange die Welpen in Quarantäne waren. Diese war Pflicht für alle nach Nissiros zu bringenden Draconiden. Einzig Fafnirs Urururenkelin fehlte noch, da die Kleine noch ein Weilchen in der Klinik bei Doktor Nikolaos bleiben musste. Die Zähnchen zu richten war wohl eine aufwendige Behandlung, die nicht allzu häufig vorgenommen wurde. Daher hatte auch der nette Doc kaum Erfahrung damit, wie die Welpen darauf reagierten.

Die verbliebenen fünf Drachenkinder hatten es sich zwischen den sonnenwarmen Steinen am Rand der kleinen Bucht bequem gemacht und verdauten rülpsend ihre Beute. Während sich Marie in die Hängematte zurückzog, die irgendjemand zwischen zwei Olivenbäumen direkt hinter dem Strand aufgehangen hatte, stiegen immer wieder Funkengarben von dort auf, wo die Welpen, den Geräuschen nach zu urteilen, nicht nur ruhten, sondern auch inbrünstig miteinander rauften. Es quiekte und zischte und manchmal stieg Rauch auf, wenn die Flammenstrahlen aufs Meer trafen. Aber Marie wusste inzwischen, dass sie sich darum keine Sorgen machen brauchte. Das, was die Kurzen da spuckten, hatte höchstens die Kraft eines Feuerzeugs.

Und zwischen den Steinen der Bucht gab es keinerlei trockenes Gras oder ähnlich leicht entflammbare Stoffe. Bis die Nacht hereinbrach konnte sie es sich daher erlauben, die Gedanken schweifen zu lassen. Was sie wieder zu den ungelösten Rätseln brachte, was sie zum Weihnachtsfest verschenken sollte. Als nur minimal elfenblütiger Mensch war sie in beiden Welten beheimatet. Sie hatte jede Menge Freunde in der sogenannten paranormalen Gemeinschaft, nannte aber auch viele Menschen ihre Freunde, die gar nichts von den Wesen wussten, die so bewusst unerkannt zwischen ihnen lebten. Das machte gerade Feiertage manchmal zu wirklichen Herausforderungen. Man musste wirklich ganz genau darauf achtgeben, wen man wann einlud. Es war für die nicht menschlichen Wesen dämlich, wenn sie sich verstellen mussten und für sie blöd, wenn sie einem ihrer Freunde erklären musste, dass die Dinge, die sie eben gesehen hatten, auf den letzten Schnaps zurückzuführen waren. Maries Eltern hatten sie eigentlich auf der menschlichen Seite der Gesellschaft großgezogen und Marie hätte nie etwas von der anderen Seite erfahren, wenn nicht eine Cousine ihrer Großmutter Marie in die Geheimnisse der magischen Teile der Verwandtschaft eingeführt hätte. Nur deshalb hatte sie Leandra zur Freundin bekommen, die nun wieder die Enkelin der Schwägerin jener Cousine war und eine reinblütige Waldelfe. Später hatte ihre Mutter ihr dann gebeichtet, dass auch ihre geliebte Patentante sich mehr im magischen Teil der Gesellschaft bewegte.

Aber das war im Augenblick alles nur nebensächlich, denn Sorgen über die Gästeliste der Weihnachtstage hin oder her,

diese Grübeleien brachten sie auf der Suche nach Geschenkideen nicht einen Schritt weiter.

Das tiefe Brummen eines Motors, welches gleichzeitig mit dem Verstummen der Geräusche aus Drachenrüpelecke daher ging, ließ Marie aus ihrer gemütlichen Lagerstatt hochschrecken. Ein ihr fremder Mann war dabei, eine kleine Jacht an dem Anlegesteg zu vertäuen, der die Bucht an der den Drachen abgewandten Seite begrenzte. Den Welpen zu pfeifen, damit sie zum Haus kamen, hatte keinen Sinn mehr. Marie konnte nur hoffen, dass die kleinen Racker sich instinktiv ruhig verhielten, bis der Besucher die Insel verlassen hatte.

Marie strich ihr Shirt glatt und trat auf den ganz in schwarz gekleideten Besucher zu. Dieser hatte inzwischen die Motoren der Jacht ausgeschaltet und war dabei, eine große Aluminiumbox aus dem Bauch des Schiffes zu stemmen.

„Bist du Marie Buchwald?" Marie nickte grinsend.

„Ich heiße Buchenwald, aber ja, die bin ich." Er wuchtete die Box auf den Steg und steckte einen alt aussehenden Schlüssel in eines der massiven Schlösser am Deckel der Kiste. Während er diesen drehte, murmelte er lateinische Worte in den ebenfalls tiefschwarzen Fünftagebart. Der Deckel schwang von Zauberhand auf. Marie kannte das schon, sonst hätte auch sie an Halluzinationen geglaubt, wie es einige ihrer Studienkollegen nach der letzten Geburtstagsfeier im Hause Buchenwald von sich glaubten.

„Hast du den kleinen Drachen für meine Gruppe dabei?" Aus der Kiste stiegen einige Qualmkringel auf, als der Magier dicke, feuerfeste Handschuhe überzog und hineingriff. Der

Welpe quiekte leise und presste sich gegen den dunkel behaarten Unterarm des Mannes. Um das Köpfchen hatte man eine Manschette, wie man sie auch den normweltlichen Haustieren nach Behandlungen verpasste, gelegt. Marie trat näher und pflückte dem Mann ihren Schützling vom Arm. Augenblicklich wickelte das Tierchen sich nun um Maries Arm, als wäre es ein übergroßer Armreif. Eines dieser spiraligen Dinger, die manche Frauen um die zierlichen Oberarme gewickelt trugen. Nur in groß und schuppig. Mit Halskrempe.

Willst du noch mit mir essen? Ich habe Kaninchenfleisch mit Zwiebeln und Rotwein im Ofen." Aber der Magier war bereits dabei, die Leinen seines Schiffs wieder zu lösen.

„Tut mir leid, aber ich muss heute noch nach Piräus zurück. Der Doc kann nicht zu lange auf mich verzichten. Die Kleine hier, er wies auf den fiependen Welpen, ist nicht sein einziger Problemfall derzeit. Jemand hat gestern Abend einen Pappkarton mit genveränderten Juwelskorpionen vor dem Zoo abgestellt." Das klang übel. Marie hatte erst kürzlich einen Fachartikel über diese Wesen gelesen. Jemand hatte versucht, die normalen Juwelskorpione so zu modifizieren, dass sie nicht nur im oberflächlichen Sand der Wüsten liegende Edelsteine ausgruben, sondern auch tiefer gingen. Allerdings waren Tiere dabei entstanden, die auch vor Schätzen nicht halt achten, welche Menschen am Körper trugen. Es hatte in der Folge eine wahre Flut von Skorpionstichen gegeben, von denen nicht wenige tödlich geendet hatten.

Da lobte sich Marie doch ihre Drachen. Bei denen wusste man zumindest, woran man war. Naja, meistens. Denn als sie den Blick hob, flatterte die Truppe gerade auf ein draußen vorbeifahrendes Fischerboot zu und stieß auf das Deck herab. Seufzend griff Marie nach ihrer Pfeife, die sie um den Hals trug und stieß hinein. Die Welpen zuckten, sogar auf die Entfernung sichtbar, zusammen und ließen vom Boot ab. Hoffentlich war vom Fang des armen Fischers noch etwas übrig, nachdem die Meute bei ihm eingefallen war. Kurz darauf legten ihre Schutzbefohlenen stolz kreischend ihre erraubte Beute vor Marie in den Sand. Jeder von ihnen warf ihr Blicke zu, als könne er kein Wässerchen trüben.

Der so schamlos bestohlene Fischer steuerte indessen sein Boot auf den Anleger zu, von dem die Jacht des Tierpflegers gerade erst abgelegt hatte.

Marie betrat wieder den Steg. Die Welpen verbergen zu wollen, hatte keinen Sinn, also behielt sie auch ihr Sorgenkind um den Arm geschlungen bei sich.

Der Fischer legte an und sprang auf den hölzernen Anleger. Wortlos musterte er Maries Arm und holte einen kleinen Fisch aus einem Eimer, den er mit von Bord gebracht hatte. Er reichte diesen Marie und deutete auf die Halskrause. Sie nahm das Fischchen und hielt es der Kleinen vors Mäulchen. Fiepend versuchte diese, den Fisch zu schnappen, aber umsonst. Man hatte ihr die Kiefer mit Drähten so verbunden, dass sie nicht in der Lage war, auf herkömmliche Art zu fressen. Was auch gar nicht mehr möglich gewesen wäre, denn ruckzuck war der Anführer der

Welpengang herbeigeflattert und hatte Marie den Fisch entrissen. Sie stemmte den freien Arm in die Seite.

„Sag mal, geht's noch? Missgönnst deiner Schwester auch den kleinsten Happen?"

„Lass ihn doch, Mädchen. Die Kleine da hätte den Fisch offensichtlich doch sowieso nicht fressen können. Du wirst ihr einen Brei aus Fisch oder Fleisch machen müssen. Esst ihr Deutschen nicht sowieso rohes, durch den Fleischwolf gelassenes Fleisch? Das solltest du dem armen Wurm geben." Er hatte ja recht, nur war Marie eben noch gar nicht so weit mit denken gekommen. Die Situation überforderte sie gerade gewaltig.

„Du kennst dich mit Draconiden aus?" Der Fischer grinste breit.

„Das wundert dich? Wenn man das Inselchen hier fast permanent als Quarantänestation missbraucht? Jeder, dem sein Fisch lieb ist, umfährt sie in großem Bogen."

„Und das hast du vergessen?"

„Aber nicht doch. Ich wollte sehen, wie es läuft. Man sagte mir, dass eine neue Betreuerin dabei sei, die kaum Erfahrungen hat. Aber es sieht ja ganz gut aus bei dir."

„Ich weiß nicht so recht. Die Meute ist schon recht ungehorsam. Klar, sie lernen, aber auf mich hören sie noch lange nicht." Der Fischer lachte laut und volltönend.

„Das werden sie auch nie. Darum geht es doch. Sie sollen als Drachen aufwachsen und keine Haustiere oder gar Schoßdrachen werden. Wie auch immer du versuchst, sie zu erziehen, sie werden es in den Jahren auf Nissiros sowieso verlernen. Nicht umsonst bringt man die Jungtiere seit jeher

auf menschenleere Vulkane. Sie müssen sich ausleben und von älteren Artgenossen lernen. Nicht von Menschen oder menschenartigen Wesen. Solche Versuche gelingen fast nie."

Das alles war Marie ja auch bekannt, aber trotzdem trieben die Welpen sie zum Wahnsinn. Sie streichelte dem wimmernden Drachenmädchen auf ihrem Arm über den Rücken.

„Du schaffst das niemals, dich gegen die Rüpel da vorn durchzusetzen." Der Fischer zermatschte einen winzigen Fisch zwischen den Fingern und schob der Kleinen den Finger zwischen die Kiefer. Sie leckte den Matsch sichtlich glücklich ab und fiepte sogleich nach mehr.

„Mach ihr endlich was zu fressen. Und überlege dir, wie du sie schnell an ihre Mitdrachen gewöhnst. Sonst sitzt du ewig auf Nissiros fest.

„M ach langsam, Liebelein. Du verschluckst dich noch." Marie schob ihrem Sorgendrachen einen kleinen Löffel mit zerhacktem Fleisch zwischen den verdrahteten Zähnchen hindurch. Hinter ihr zankte sich die restliche Gruppe um die Reste eines am Morgen angeschwemmten toten Hais. Woher der gekommen war, war ein Rätsel, aber Marie war einfach nur froh, die Gruppe beschäftigt zu sehen. Immerhin hatten sie am Vortag in Eigeninitiative gelernt, dass es herrlich knisterte, wenn man die Zapfen der hier zahlreich wachsenden Pinien mit ein wenig heißem Drachenodem anblies. Und bevor sie den Rest der vorhandenen Bewaldung, die in den letzten Jahren schon genug gelitten hatte, auch noch vernichteten, sollten sie sich lieber um stinkenden Fisch balgen. Es war sowieso beinahe vorbei, denn das Schiff, dass sie mitsamt der Meute an ihr endgültiges Ziel bringen sollte, wurde mit dem Einbruch der Nacht erwartet.

Als die Sonne das Meer berührte, saß Marie neben ihren gepackten Taschen auf dem Steg. Die Drachen flatterten aufgeregt über der Bucht immer im Kreis, so, als wüssten sie, dass gleich etwas ihnen Unangenehmes geschehen würde.

Nur die kleine Kuscheldame hockte auf ihrem Schoß. Die Halskrause hatte Marie ihr drei Tage zuvor, nach einem Videogespräch mit Doktor Nikolaos abnehmen dürfen. Seitdem sah sie zwar mehr nach Drachen und weniger nach Kragenechse aus, aber die Drähte hielten ihr das Maul nach wie vor fast verschlossen. Auf dem Transportschiff würde einer seiner Mitarbeiter sein, der dann die Verdrahtung lösen und die Wundheilung überprüfen sollte.

Außerdem sollten die restlichen Welpen gechipt und gegen die Drachenpest geimpft werden. Und, warum auch immer, gegen Katzenschnupfen.

Marie stieß in ihre Pfeife, als das Schiff in Sicht kam. In Erwartung von einer weiteren kleinen Zwischenmahlzeit aus Maries Küche landete die Truppe auch beinahe manierlich auf dem Steg und bildete einen losen Kreis um sie herum. Allerdings hatte Marie ein wirklich schlechtes Gewissen, als sie ihren gierigen Schützlingen Hackfleischbällchen zuwarf. Denn diese hatte sie eigenhändig am Nachmittag präpariert. Sie hätte es gehasst, wenn die Tierpfleger die Welpen mit Betäubungsgewehren vom Himmel geholt hätten.

Daher musste sie jetzt höchstpersönlich den Verräter geben.

Es war eine reine Sisyphusarbeit. Kaum hatte sie einem ein Bällchen ins Maul geworfen, drängten sich drei andere vor, die ihres schon verschlungen hatten.

Marie robbte förmlich auf dem Steg von Tier zu Tier, bis alle ihre Portion persönlich und unter Aufsicht verschlungen hatten. Als sie sich fertig wähnte fiel ihr auf, dass ein

Bällchen übrig war. Marie zählte durch. Oh je. Eines der kleinen Untiere fehlte.

Und es war ausgerechnet ihr Sorgenwelpchen.

Während das Schiff anlegte sprang sie auf, rannte den Steg entlang und an den Strand. Das Tierchen schien verschwunden. Und in der Dunkelheit der unbewohnten Insel hatte es auch keinen Sinn zu suchen. Als sie auf den Anleger zurückkam, fiel gerade der Anführer ihrer Welpenschar einfach um und begann laut zu schnarchen. Unter den amüsierten Blicken der Besatzung kippte gleich darauf ein Drache nach dem anderen auf die Bretter des Stegs.

Die einen schnarchten selig, die anderen sabberten und schmatzten im Traum. Als hätten sie gerade einen Sack Trockenfutter erbeutet. Und ein drittes Grüppchen ließ im Schlaf schnaubend Funken stieben.

„So schnell haben wir die Welpen selten eingesammelt, das war gute Arbeit." Marie wäre echt stolz auf sich gewesen, wenn sie nicht das schwächste, aber dabei wertvollste Tier nicht verloren hätte.

Sie erwähnte dem Pfleger gegenüber das fehlende Tier. Nicht, dass er es nicht schon bemerkt hätte, war der Sorgendrache doch unter den Pflegern bereits berühmt. Wer kannte schon einen Drachen mit Eisenzähnchen, wie der Doc es so treffend genannt hatte.

„Mach dir keine Sorgen. Morgen kommt schon die nächste Gruppe her. Der Hüter ist ein erfahrener Mann, der wird deinen Welpen mit Sicherheit finden. Bis dahin stirbt sie nicht. Es gibt je keine Tiere auf der Insel, die einem Drachen

gefährlich werden können. Nicht mal einem, der ein zu gedrahtetes Maul hat."

Trotzdem. Marie war das Mädchen irgendwie ans Herz gewachsen. Sie hatte sowieso bereits gefürchtet, dass der Abschied gerade von ihr nicht einfach werden würde.

Sie griff nach ihrer großen Reisetasche und warf diese schwungvoll aufs Deck.

Ein letztes Mal ließ sie den Blick über den verwaisten Steg gleiten, bevor sie die kurze Leiter erklomm, die auch sie an Bord brachte.

Marie schnappte sich ihre übergroße Reisetasche und zerrte das Ding übers Deck, als ihr auffiel, dass etwas nicht stimmte.

Die Tasche bewegte sich. Der Inhalt schien zu wabern und immer wieder erschienen Beulen im Nylonstoff. Von einer Ahnung überrannt, zog Marie die Tasche auf. Das Drachenmädchen lag auf Maries Unterwäsche und ringelte sich um etwas, das leise schluchzte. Vorsichtig griff sie in die Kuhle, die der Welpe mit seinem eingerollten Schwanz gebildet hatte und hob ein winziges, weinendes Wesen heraus.

„Na da hast du aber einen Hauptgewinn. Jetzt hast du auch noch die Ladys von der Feenvereinigung am Hals." Das befürchtete Marie auch. Vor allem, da der Drache sich aufgerichtet hatte und das winzige Feenkind nicht aus den glühenden Äuglein ließ. Als Marie das Kindchen einem der Tierpfleger reichen wollte, stieß der Drache einen Feuerstrahl aus, der die Drähte in und an seinem Maul glühen ließ.

„Oh je. Da kannst du dich auf was gefasst machen. Der Welpe hat einen ausgeprägten Beschützerdrang gegenüber der Fee. Drache und Blütenfee, na wenn das mal gut geht."

Der Pfleger schüttelte den Kopf, während er sich einem der tief und selig schnarchenden Welpen auf dem Deck zuwandte.

Sie stoppten während der Nacht am unbeleuchteten Anleger einer Marie unbekannten Insel. Während sich die Pfleger um die schlafenden Welpen kümmerten, hatte sie Zeit, das nächtliche, vom Halbmond beschienene Meer zu betrachten. Eine einzelne Frau kletterte die kurze Leiter hoch und rief einen Gruß hinunter unters Deck. Sie verschaffte sich einen schnellen Überblick und musterte Marie mit verkniffenem Blick.

Die Zugestiegene zeigte überhaupt kein Interesse an den Drachen, denn sie hatte nur Augen für die winzig kleine Fee.

„Ja, welches kleine Schätzchen haben wir denn da?" Sie griff in den kleinen Karton, der der Fee als provisorisches Lager diente und sprang erschrocken auf, als sich im selben Augenblick die kleine Drachendame auf die Hüterin stürzte. Bestürzt wich sie zurück.

„Ihr habt zugelassen, dass sich ein Drachen auf eine Fee prägt?"

Marie schluckte. Das war also geschehen? Die Fee hatte Maries Sorgendrachen als Elternteil adoptiert?

Sie hatte es geahnt. Diese Mission konnte ja nur im Chaos enden. Warum musste Margarete auch gerade sie schicken? Sie die doch gar keine Ahnung von diesem Wesen hatte.

Die Hüterin baute sich vor ihr auf.

„Wie weit ist es hier eigentlich gekommen? Schicken Sie jetzt nur noch Idioten?" Marie atmete tief durch.

So nicht. Auch wenn sie selbst sich nicht für eine Expertin hielt, als Idiotin ließ sie sich nicht bezeichnen.

„Was bilden Sie sich hier eigentlich ein? Erscheinen hier, bilden sich ein Urteil und verurteilen, bevor Sie nur die Hälfte aller Fakten kennen? Wenn das die Art und Weise ist, wie die magische Welt Griechenlands miteinander umgeht, dann bin ich nur froh, dass ich bald wieder zurückfliege. Bei uns lernt nämlich schon jedes Kind, sich erst jede Geschichte zur Gänze anzuhören bevor man sein Urteil fällt und bis eben war ich mir sicher, dass diese Regel auch hier gilt." Dier Hüterin starrte Marie an.

„Was bitte sehr, soll ich denn denken, wenn ich das hier sehe? Dass der Drache das Baby am Strand gefunden hat? Also, bitte."

„Genau das. Obwohl ich nicht sicher bin, ob die Fee am Strand gelegen hat, aber der Welpe war nicht lange verschwunden und steckte, als wir ihn suchten, bereits in meiner Tasche. Mitsamt der Fee. Es hat kein anderes Wesen gebraucht, um die beiden zu einen. Das haben sie ganz allein und von uns unbemerkt getan. Aber es geht ja jetzt hier darum, ob die Kleine Hilfe braucht und was mit ihr geschehen soll. Man kann ja keine Blütenfee mit nach Nissiros schicken."

Einer der Pfleger kam und hob den Sorgendrachen mit festem Griff in einen Korb, den er dann auch resolut zum Untersuchungstisch trug. Da das Tierchen nichts von den Betäubungsleckerli abbekommen hatte, bekam der sich windende Welpe eine Spritze in die weichere

Schwanzunterseite verpasst. Die Gegenwehr erlahmte bald und auch dieser letzte Welpe fiel in einen tiefen Schlummer.

Allerdings hatte, sobald der Drache auf dem Untersuchungstisch zu liegen gekommen war, die Fee jämmerlich angefangen zu weinen. Sie schluchzte, bis ihr winziger Körper von einem Schluckauf geschüttelt wurde, den man einer solch winzigen Person nie und nimmer zugetraut hätte. Die Hüterin nahm sie vorsichtig hoch und betrachtete das Häufchen Elend von allen Seiten. Je länger sie die Kleine untersuchte, umso tiefer gruben sich die Falten auf ihrer Stirn ein.

„Das Baby lag nicht umsonst am Strand. Ich vermute, dass sie dort abgelegt wurde. Die Feen der Dornbuschwolfmilch sind eine sehr spezielle Art unter den Blütenfeen. Aufgrund der kargen Böden und der vielen Dornen ihrer Pflanzen sind sie schlicht im Gemüt und kratzig im Verhalten. Bei ihnen ist die Meinung noch weit verbreitet, dass nur ein gesundes, vollentwickeltes Kind ein gutes Kind ist. Schau mich nicht so an, Mädchen." Marie schloss den Mund schnell wieder, den sie bereits geöffnet hatte, um ihre Meinung über dieses Verhalten kund zu tun.

„Die Bewohner der sogenannten Phrygana sind echte Überlebenskünstler. Es sind die ersten Pflanzen, die nach Rodungen oder Bränden die felsigen Hänge besiedeln. Sie wachsen unter permanentem Mangel an Wasser, Nähstoffen und der sengenden Sonne. Die Pflanzen sowie ihre Feen können sich nicht erlauben, schwach zu sein. Deshalb passiert eben auch so etwas. Man setzt Wesen aus, die nicht den Anforderungen standhalten können."

„Und die kleine Fee kann das nicht? Also, sie könnte nicht überleben?" Die Hüterin schüttelte traurig den Kopf.

„Nein, das würde sie nicht schaffen. Schau." Sie drehte das Baby auf den Bauch. Die Haut am oberen Rücken war von dunklen Äderchen durchzogen, die kurze Flügelstummel umrahmten. Eines der gerade durchbrechenden Flügelchen hing schlaff auf das Gewirr der roten Adern, während das andere aussah, wie ein winziger Libellenflügel.

„Sie wird nicht fliegen können?"

„Das kann ich so noch nicht sagen. Ich vermute, das Flügelchen wird sich noch etwas erholen, aber wirklich wendig, so wie die Dornensträucher es verlangen, wird sie nie werden. Sie würde ihre Aufgaben nicht erfüllen können."

„Und was geschieht jetzt mit ihr?" Die Hüterin seufzte.

„Normalerweise würde ich sie mit mir nehmen. Wir besitzen mehrere Gärten, in denen Wesen wie sie versorgt werden. Aber da es sich um Gelände handelt, auf denen auch seltene und überaus wertvolle Pflanzen gezogen werden, kommt eine Fee, die einen Drachen im Schlepptau hat, nicht dafür in Frage."

„Davon abgesehen, dass der Drache sich nicht von ihr trennen ließe." Der Pfleger, der bis eben den Sorgendrachen behandelt hatte, trat zu ihnen und wischte sich dabei die Hände an einem karierten Handtuch ab.

„Dieses Pärchen wird uns noch einiges an Kopfzerbrechen bereiten." Er wandte sich Marie zu.

„Der Drache kann auf keinen Fall mit ausgewildert werden. An der Stelle eurer Verantwortlichen würde ich ihn erlösen. Aber in der Akte steht, dass es sich um ein überaus

wertvolles Tier handelt. Also bleiben wohl nur die Handaufzucht und Eingliederung als Hausdrachen übrig. Wer den Drachen übernimmt, muss dann wohl auch die Fee mit ins Haus nehmen."

„Mhm. Das hieße, dass beide eine Chance bekämen." Die Hüterin legte die Fee vorsichtig in das Nest, welches der eingeringelte Drachenschwanz in der Transportbox bildete, in die man ihn zum Ausschlafen gebettet hatte. Marie schaute auf das nun friedlich beieinander liegende so ungleiche Paar.

„Das bedeutet, ich nehme euch beide mit zurück? Oder muss die Fee nahe ihrer angestammten Heimatvegetation bleiben?"

„Es würde reichen, wenn du eine Pflanze im Topf kultivierst oder ihr einmal im Jahr die Reise ans Mittelmeer ermöglichst. Allerdings müsste man in beiden Fällen die Dornen von je einem Strauch entfernen, damit sich auch ohne gute Flugkünste direkt an eine Pflanze gelangt. Es muss auch nicht unbedingt zur Blütezeit sein, sie darf nur nicht auf die Dauer den Kontakt zu ihren Wurzeln verlieren. Eine Dornbuschwolfsmilch in einer Art Wüstenterrarium wäre eine tolle Wohnung für sie. Wenn denn der Drache zulässt, dass sie von ihm getrennt schläft." Marie atmete tief durch und streichelte beide sanft mit dem Finger.

„Machen wir also die Papiere zurecht, damit ich sobald die restliche Meute freigelassen worden ist, mit den beiden zurückfliegen kann. Ich informiere unsere Verantwortliche daheim, dass ich mit Drachen und Fee zurückkomme."

Sie ließ sich in den folgenden Stunden der Fahrt in die Pflege einer kleinen Fee einweisen und schaute mit dem Drachenpfleger die Röntgenbilder des Kiefers des Sorgendrachen an. Dieser trug nun eine klassisch anmutende Zahnspange. So eine, bei der die Drähte mittels aufgeklebter Halterungen an den Zähnen gehalten wurden. Allerdings waren einige dieser Brackets ebenfalls mit Drähten verbunden, die Unter- und Oberkiefer an der Stelle hielten, sodass der Drache auch in der nächsten Zeit nicht selbständig würde fressen können. Auch wenn die Einschränkungen soweit zurückgenommen worden waren, dass nun seine Zunge wieder Spiel hatte. Sie konnte diese aus dem Mäulchen strecken, im Mundraum umherfahren und sogar die Augen lecken. Was für Drachen essentiell war, reinigten sie so doch ihre glänzenden Hornhäute.

„Normalerweise verbindet man die Kiefer mit Gummis. Aber das bringt bei Feueratmern nicht viel. Eher vergiften sie sich, wenn der Gummi verschmort. Du kannst, wenn das Tier zahm genug wird, die Verbindungsdrähte einfach zum Fressen entfernen und später wieder fixieren. Das muss für einige Monate so bleiben, dann dürften die Kiefer sich aufeinander ausgerichtet haben. Aber bis dahin wird das Fressen für das Tier nicht einfach. Wie gesagt, an ein Auswildern ist nicht zu denken."

N issiros entpuppte sich als Insel, die eigentlich fast nur aus einer großen Caldera bestand. Die Oberfläche des riesigen, eingesunkenen Vulkankraters war teilweise von schwefelgelben Ausscheidungen des Feuerberges bedeckt. An vielen Stellen trat zischend heißer Qualm aus. Der Boden schien weich zu sein. Es fühlte sich für Marie an, als liefe sie auf Schaumstoff. Irgendwie.

Seit sie hier angelegt und dem Krater einen ersten Kurzbesuch per Geländewagen abgestattet hatten, waren ihnen mehrere Jeepsafaris mit johlenden Touristen begegnet, die den Krater unsicher machten. Die wenigen Häuser direkt beim Anleger waren bis auf drei Ausnahmen verlassen. Es gab nur ein winziges Kafenion im Erdgeschoss des Gebäudes der Naturschutzbehörde.

Im benachbarten Büro des vulkanbasierten Aufzuchtprogramms war die Vermietung der Geländewagen für die geführten Kratertouren untergebracht. Marie war bereits erwartet worden. Während die Pfleger die Welpen ausluden, stellte ein Ranger des Vulkanprogramms die Transportboxen auf die Ladefläche eines Pickups.

Einzig die Box mit Maries Sorgendrachen samt Feenkind blieb zurück. Sie schob die Box bis zu einem der drei kleinen,

runden Metalltischchen des Kafenions und bestellte sich einen griechischen Kaffee. Der starke, frisch aufgebrühte Mocca mit dem Satz unten in der Tasse begann dann auch endlich, ihre Lebensgeister zu wecken.

Sie hatte die Nacht damit verbracht, mit den Pflegern und der Hüterin die Bedürfnisse und Notwendigkeiten ihrer vorübergehenden Schützlinge zu besprechen. Marie trug jetzt eine Liste bei sich, die gefühlt bis zum Mond reichte. Sie war jetzt Meisterin darin, einem Drachen die Zähne zu putzen, konnte eine winzige Fee windeln und besaß ein Babyfläschchen, gegen das die Nuckelflaschen der Puppe ihrer Nichte riesig wirkten.

Außerdem hatten die Hüterin sowie der Angestellte des Aufzuchtprogramms sie mit einer ganzen Reihe verschiedenster Pinzetten ausgestattet. Da gab es welche, um Fleischreste aus den Zahnzwischenräumen zu pulen, eine war dafür gemacht, die Drähte an den Brackets zu fixieren, wieder andere waren Haltehilfen bei der Pflege der kleinen Fee. Eine ganz besondere Pinzette war so geformt, dass damit das kleine Fläschchen gehalten werden konnte. Am Griff war noch dazu ein winziger Löffel ausgeformt, um das Milchpulver abzumessen.

Marie war wirklich versucht, sich einen passenden Werkzeuggürtel anzuschaffen, aus dem sie obercool jederzeit die passende Pinzette ziehen konnte.

Am Anleger sammelte sich die Besatzung der Jacht, welche sie und ihre funkensprühende Fracht auf die karge Vulkaninsel gebracht hatte. Marie würde nicht mit ihnen

zurückreisen, sie wartete auf eine der Fähren, welche die Inseln im Dodekanes miteinander verbanden.

Allerdings fuhren die um diese Jahreszeit nicht mehr täglich und daher hatte sie nun drei ganze Tage Zeit, sich mit ihren Sorgenkindern zu befassen.

Ein junger Mann mit einem dicken Zopf am Hinterkopf ließ sich auf den freien Stuhl an ihrem Tisch fallen und streckte die Beine aus.

„Du bist also die Drachenflüsterin. Respekt. Die Neuen sind besser erzogen als alle, die wir dieses Jahr hier aufgenommen haben."

Das sah Marie zwar anders, immerhin war ihr die Meute ziemlich auf der Nase herumgetanzt, aber sie freute sich trotzdem über das Lob. Wenn es eben wie gesagt, auch unverdient war.

„Zeigst du mir den Welpen mit dem Steinbruch im Maul? Dass der Doc einem Draconiden die Beißerchen richtet ist echt der Hammer." Marie hockte sich vor die Box und löste das Schloss. Der Sorgendrache fauchte leise und krabbelte langsam ans Tageslicht.

Den Schwanz fest eingekringelt, hielt das Tier vor der Box inne und starrte Marie fest an. Sie begriff. Vorsichtig hob sie das schlafende Feenbaby aus der Kuhle in der Mitte des Schwanzkringels.

Der Mitarbeiter des Aufzuchtprogramms nahm den Drachen vorsichtig auf seinen Arm und versuchte, ins Mäulchen zu gucken.

Das Gaunerchen presste allerdings die Kiefer fest aufeinander und blies einige rotglühende Funken durch die Nüstern.

„Ich bin übrigens Paul. Und wie heißt die kleine Süße?" Marie zuckte mit den Schultern.

„Da ich bis letzte Nacht der Meinung war, dass sie doch hierbleiben kann, habe ich noch nicht darüber nachgedacht. Aber, da ihre einzige Chance das Leben als Hausdrachen zu sein scheint, sollte man wohl einen Namen suchen. Sollte das allerdings nicht in der Verantwortung des zukünftigen Halters liegen?" Während Marie sprach, wand sich ihr Sorgendrache aus den Armen des Mannes und sprang auf ihre Schulter, wo er, oder besser sie, sich zusammenrollte und gähnte.

Paul begann so sehr zu lachen, dass er gegen den Tisch stieß. Das Geschirr kollerte zu Boden, wo eines der Wassergläser klirrend in tausend blitzende Scherben zersprang.

„Das ist nicht dein Ernst. Glaubst du wirklich, du kannst die Kurze abgeben? Die ist total auf dich geprägt." Er verschluckte sich an der eigenen Zunge und keuchte, bis er wieder Luft bekam.

„Wer hat dich eigentlich zur Drachenführerin gemacht? Eure Verantwortlichen müssen geistig umnachtet gewesen sein. Ich dachte, Margarethe von der Wallenburg ist in dieser Position. Die würde doch nie jemanden losschicken, der so gar keine Erfahrung hat."

„Na vielen Dank." Marie wurde ziemlich sauer. Auch wenn der Typ absolut recht hatte, so hatte er aber gar kein Recht,

es auszusprechen. Und auf Grethe ließ Marie sowieso nichts kommen. Sonst hätte sie ja der Bitte der alten Halbelfe widerstehen können.

„Margarethe ist nach wie vor die Kompetenz in Person. Aber bevor du dich hier so aufregst, hast du dich vielleicht mal gefragt, ob es vielleicht irgendwelche Probleme gegeben haben könnte, die die Verantwortlichen Drachenpfleger in Deutschland zurückgehalten haben können? Liest du keine Nachrichten? Oder ist es dir schlichtweg egal und du willst einfach nur deinen Frust an der kleinen, unausgebildeten Fastnormmenschin auslassen" Paul stellte wie in Zeitlupe den Tisch zurück an seinen Platz und sammelte Tassen sowie die größten Scherben auf.

„Mir ist bewusst, dass es derzeit ein wenig unübersichtlich ist. Die allgemeine politische Lage zusätzlich zu diesem dämlichen Covid lässt nun mal die Draconiden weltweit verstärkt Nachwuchs zeugen. Aber es ist trotzdem unverantwortlich, jemanden zu senden, der so gar keine Ahnung hat."

„Komisch, vor wenigen Minuten hörte ich noch Worte, die die gute Erziehung der Welpen lobten. Und jetzt bin ich wer? Ein Totalausfall? Nur, weil ich mich nicht damit auskenne, wann ein Drache sich prägt? Entschuldige bitte, ja, ich bin die Vertretung der Vertretung. Aber mach mal halblang. Die Tiere sind doch gesund hier angekommen, ohne ganze Landstriche verwüstet zu haben. Ich habe mich bereit erklärt sie zu bringen, weil Margarethe eine Verschnaufpause brauchte. Sie wollte nämlich selber reisen, obwohl sie derzeit kaum zum Schlafen kommt. Sie ist nämlich in einem Skandal

unterwegs, der illegale Züchter entlarvt. Und weißt du was? Ich habe die Aufgabe gern übernommen, obwohl die Welpen mich echt an den Rand der Verzweiflung getrieben haben. Und ich werde auch die Kleine hier nicht einfach im Stich lassen. Wenn es so sein soll, dann bleibt sie eben bei mir. Muss ich eben umziehen."

„He." Paul hob beschwichtigend die Hände.

„So war das nicht gemeint. Oder nur ein wenig. Du hast freilich gute Arbeit gemacht. Aber die Welpin hier, die hast du wirklich an der Backe. Und ihr Anhängsel auch." Die kleine Fee begann in Maries Hand zu quengeln. Ihre winzigen Händchen griffen nach ihrem Daumen und klammerten sich fest.

„Gib ihnen Namen und arbeite dich in die Materie ein. Egal, was du bisher gelernt hast, es wird unwichtig gegen das, was dein Schicksal ist. Nimm es an und werde zu einer, die sich um die Schwachen unter den Wesen sorgt." Marie wiegte die Fee, bis diese wieder eingeschlafen war.

„So habe ich mir meine Zukunft nicht vorgestellt. Ich studiere Wirtschaftsrecht, wollte nicht unbedingt mit Wesen arbeiten. Das kann ich mir abschminken, wenn sich ein Drache und eine Fee an mich klammern. Herrgott, mein Elfenerbe ist doch nur winzig. Muss es mich wirklich erwischen?"

„Tja, man kann nie sagen, bei wem es durchbricht. Und offenbar vertrauen die beiden dir so, als wärst du eine volle Waldelfe. Da hat man sich bei deiner Person wohl voll verschätzt. In dir ist das Elfenblut mächtig."

Pauls Smartphon gab ein Fauchen von sich und nach einem Blick auf das Display verabschiedete er sich.

„Im Krater gab es einen kleinen Zusammenstoß. Einer der Jeeps ist nicht rechtzeitig von seiner Tour zurückgekommen und nun hat eine Horde Halbstarker ihn umzingelt. Da ist wohl Normweltschadensbegrenzung angesagt."

Während sich Paul auf eine Geländemaschine schwang und den Motor aufheulen ließ, kraulte Marie gedankenverloren ihr neues Haustier. War in ihr die Elfe wirklich stärker als gedacht und hatte Margarethe das erkannt? Sie wusste es nicht. Sie zog ihr Handy aus der Tasche und wählte die Nummer ihrer Mutter.

„M a? Hast du einen Moment Zeit für mich?"
Marie schmunzelte, als es am anderen Ende
der Leitung schepperte. Gleich darauf fiel
eine Tür ins Schloss und ein leises Rascheln
erklärte Marie, dass ihre Mutter sich im Schlafzimmer auf
ihr Ehebett zurückgezogen hatte.

„Machen sie dich wieder wahnsinnig?" Maries jüngere
Geschwister waren ein Ausbund an Frechheit und
hyperaktiver als Fliegen auf Speed.

„Es geht so. Irgendwann lege ich sie noch an die Leine.
Oder fessele sie an den Stuhl, damit sie endlich ihre
Hausaufgaben erledigen. Aber du rufst bestimmt nicht an,
um mir Erziehungstipps zu geben, meine Große?"

„Hm. Ich könnte dir da eine neue Veröffentlichung
empfehlen…"

„Wage es und ich lass dich hier nicht wieder rein. Wann
kommst du heim? Die letzten Proben für die
Adventskonzerte starten am Wochenende und ich soll dich
fragen, ob du wieder dabei bist. Ihnen fehlt deine Violine."
Marie schluckte.

„Ma, ich… ich komme zum Wochenende, aber ich glaube,
sie müssen sich anderweitig nach einem Geiger umsehen.

Hier hat sich einiges ergeben, dass es für mich bestimmt unmöglich macht, die Konzerte zu spielen." Marie hörte ein Seufzen.

„Also hat Grethe recht. In dir lebt eine Hüterin. Was ist passiert?" Sie berichtete, was in den vergangenen Tagen geschehen war. Dass sie nun die Verantwortung für zwei ganz besondere Wesen trug. Und dass sie ihre kleine Wohnung in einem Wohnblock in der Innenstadt wohl aufgeben musste.

„Ach Kind. Wir haben so gehofft, dass es langsam abklingt. Immerhin ist bei uns nur meine Schwester Lilly ein klein wenig vorbelastet. Und das hat auch nur zur Kräutergärtnerin gereicht. Die Frauen unserer Familie haben sich seit jeher nach einem menschlichen Dasein mit allen Höhen und Tiefen gesehnt. Und einem Tod am Ende eines langen Lebens. Je stärker das Elfenblut, desto stärker verwickelt man sich in magische Stränge. Und umso verändert zeichnet sich der Lauf des Lebens. Aber darum sorgen wir uns später. Du bist jetzt also Ziehmutti für einen wertvollen Drachenwelpen und eine körperlich eingeschränkte Blütenfee. Das bedeutet, ich rufe gleich Lilly an, damit sie sich umhört, wo ein passendes Haus frei ist. Die Gemeinschaft besitzt für solche Fälle immer einige Immobilien. Ich melde mich, wenn ich etwas in Erfahrung gebracht habe. Leider ist Margarethe unterwegs, sie muss nach einer Population in Rumänien schauen, deren Hüter sie vor zwei Tagen kontaktiert hat. Durch Corona dauert das alles länger. Du weißt schon, die ganzen Auflagen und so." Und wie Marie das wusste. War sie doch erst vor knapp zwei

Wochen durch das ganze Prozedere gegangen. Eine Reise mit sechs Drachenwelpen anzutreten war schon im Normalfall nicht komplikationslos zu planen und zu bewerkstelligen, aber unter den derzeitigen Einschränkungen war es die Hölle.

Was hieß, sie war jetzt und hier auf sich allein gestellt. Nur die Angestellten des Projekts konnten ihr helfen, wenn etwas klemmen sollte. Sie schob die kleine Fee in die schwarzlederne Bauchtasche, die sie eigentlich für Drachenleckerlis mit sich führte, fixierte die Klappe so, dass sie sich nicht schließen konnte und machte sich auf, den Wegweisern zum Kraterinneren zu folgen. Wenn sie schon hier festsaß, dann wollte sie die neue Heimat der Welpen auch genauer in Augenschein nehmen. Schnaufend erreichte sie den höchsten Punkt des schmalen Weges, der, laut Beschilderung, direkt in den Krater führen sollte. Hier oben eröffnete sich ihr ein grandioser Ausblick. Ein beinahe kreisrundes Tal öffnete sich zu ihren Füßen, dessen Boden in den typischen Farben so vieler Calderas dieser Welt, wie gemalt aussah. Braun mischte sich mit gelb, rötliches Gestein lag neben schwarzen, blasigen Lavaresten.

Drei Fahrzeuge befanden sich relativ am Rand an der gegenüberliegenden Seite. Sogar aus der Ferne erkannte Marie, dass einige ziemlich große Draconiden regelrechte Attacken gegen einen der schwarz lackierten Geländewagen flogen. Allerdings fand das größte Schauspiel hoch über dem Krater statt. Gegen den bewölkten Himmel sah man unzählige Drachen im relativen Gleichklang ihre Kreise ziehen. Die Schläge ihrer Schwingen ließen die Luft

rauschen, als zöge ein Sturm auf. Auf Maries Schulter regte sich ihr Sorgendrache. Sie streckte sich, breitete die Flügel aus und hob ab. Mit kräftigen Schwüngen ihrer braunen Flügel gewann sie immer mehr an Höhe, bis sie sich dem Schwarm angeschlossen hatte. Im Flug der Kleinen erkannte Marie für sich, tief in ihrem Herzen, dass ihr Sorgenkind wirklich etwas Besonderes war. Ihre Haltung wies einen Stolz und eine Grazie auf, die nur durch eine wirklich edle Herkunft und uralte Gene zu erreichen war. Fafnirs Ururururenkelin hatte es wahrhaft verdient, ein glückliches Drachenleben zu leben und nicht einfach nur zu existieren. Sie musste einfach über Berge und Täler schweben können, Schätze bewachen und stolz aus den Wassern großer Ströme und des Meeres auftauchen. Marie schwor sich, ihr all das zu ermöglichen. Und wenn es Jahre dauern würde, aber sie würde es schaffen.

„Fafniretta. Fafnirs Erbin. Die Stolze und Wunderbare."

„Der Name ist eine gute Wahl. Und sie ist ein wunderschönes Wesen. Voller Stolz und Magie." Marie wandte sich dem Sprecher zu. Hinter ihr stand ein Mann, dem die Magie ebenso aus allen Poren troff. Sie hätte ohne zu zögern geglaubt, wenn er sich als „Zeus, Göttervater" vorgestellt hätte.

„Mein Name ist Apoll. Glaub mir, wenn du jetzt einen wie auch immer gearteten Scherz machst, dann landest du schneller unter der Oberfläche, dort wo das dickflüssige Magma rotiert, als du mit dem Finger schnippen kannst." Woraufhin sich Marie die Innenseiten der Wangen blutig biss. Aber sie gewann und hielt den Mund. Der lange, aus

gewachsenem Wurzelholz gefertigte Stab mit dem violetten Kristall an der Spitze wies Apoll als Magier oder Hexer aus. Sein Deutsch klang, als hätte er lange in Deutschland gelebt, stammte aber irgendwo aus der Ägäis. Marie kam da ein Gedanke. Ein abwegiger, aber warum eigentlich nicht? Immerhin sollte der göttliche Apollon ja auf der Kykladeninsel Delos geboren worden sein. Und auch in ihrem Bekanntenkreis gab es einen sogenannten ehemaligen Gott. Cernun war während der Zeit, in der die nordischen Mythen entstanden, als Gottheit verehrt worden und der war immerhin ein guter Freund ihrer Tante.

„Ok, also keine Witze über deinen Namen. Ich hätte dich sowieso eher bei Zeus verortet."

„Lass den Namen dieses Mistkerls außen vor! Das macht es eher schlimmer für dich, als besser, Weib." Marie hob beschwichtigend die Hände. Da war aber jemand getriggert.

„Es tut mir leid. Ich bin Marie und habe nichts, aber auch gar nichts mit den biblischen Marien gemein. Und ich bin weder die Gemästete noch die Wohlgenährte oder die Geliebte" Nur zu Sicherheit war es ihr ein Bedürfnis, das klarzustellen. Immerhin gab es genau diese Deutungen ihres Namens. Von der Bitteren oder Betrübten ganz zu schweigen. Die wollte sie schon gar nicht sein. Leider bedeutete ihr Name nichts so cooles wie Drachenretter oder Feenliebend.

„Die biblischen Marien hätten sich keines Hautflüglers angenommen. Maria Magdalena zum Beispiel fürchtete sich schrecklich vor Fledermäusen. Insoweit zweifle ich es nicht an, dass du keine Reinkarnation von ihnen bist."

43

In der Gürteltasche regte sich die Fee. Marie nahm sie vorsichtig heraus und wiegte das Baby in der Hand.

„Ein Engelchen. Wie kommst du zu ihr?" Apoll beugte sich über Maries Hand und betrachtete die Fee ganz genau. Ein Lächeln ließ seine Gesichtszüge erstrahlen, als er der Fee sacht über das Köpfchen strich.

„Fafniretta hat sie gebracht. Sie fand sie am Strand, wo sie vermutlich abgelegt wurde, da eines ihrer Flügelchen verkrüppelt ist. Die Dornbuschwolfsmilchfeen sind so spezialisiert auf ihre dornenbewehrten Sträucher, dass jemand, der nicht wendig genug steuern kann, keine Überlebenschancen hat." Apoll nickte verstehend.

„Ja, die Bewohner der kargen Landschaften haben sich aus der Not heraus archaische Eigenschaften bewahrt. Das Engelchen hatte Glück, dass dein Drache sie gefunden hat. Sonst wäre sie das Opfer der immer hungrigen Möwen geworden." Marie kitzelte das Engelchen mit dem Fingernagel am Bäuchlein und die Kleine jauchzte fröhlich kichernd auf.

„Was heißt Engelchen auf Griechisch?" „Angelaki. Aber wir haben sogar einen eigenen Vornamen dafür. Angeliki werden die süßen Engelchen der Frauenwelt gerufen."

Marie nickte und kitzelte die lachende Fee weiter am Bauch.

„Dann soll es so sein. Angeliki bist du und wirst du immer bleiben, meine Süße."

„Gute Wahl. Eine kleine dornige Griechin. Da hast du dir ein interessantes Paar angelacht. Ich hoffe, du wohnst weitab

44

von irgendwelchen Spießern, die ihren Rasen mit der Nagelschere pflegen."

„Noch lebe ich in einem Wohnblock mit 25 Mietparteien. Aber man sucht bereits nach einem passenden Haus für uns. Ich hatte ja bis vor einigen Tagen ganz andere Lebenspläne. Dass ich gleich für zwei Sorgenwesen zuständig sein könnte, hätte ich mir nicht vorstellen können, als ich den Vertretungsjob annahm. Aber es scheint mir ja nichts anderes übrig zu bleiben. Arbeitest du für das Aufzuchtprogramm?" Apoll schüttelte den Kopf.

„Nein, aber man ruft mich hin und wieder. Ich habe aber eher eine beratende Funktion inne. Es geht dann um Sicherheit, Schutz der Touristen, die den Krater besuchen wollen und die dazugehörende Verschleierung der Realität."

„Und das funktioniert hier? Am Stromboli, dem alten Feuerberg, wurden die Drachen doch genau aus dem Grund der Sicherheit vor den und für die Touristen abgelehnt?" Apoll schüttelte den Kopf, dass die kinnlangen schwarzen Locken nur so flogen.

„Das ist der absolute Schwachsinn. Die Italiener haben schon immer die leichten Wege gewählt. Erst haben sie sich bei unserer Kultur bedient, unsere Magie kopiert und sogar die Gottheiten geklaut. Aber das System war von Anfang an nicht halb so gut, wie das Original. Und genauso machen sie es heute. Anstatt das Geld in vernünftige Verschleierungszauber zu stecken, schieben sie die Wesen einfach von ihren angestammten Plätzen. Aber dadurch kommen wir in den Genuss der gesammelten Magie der Draconiden." Marie verdrehte die Augen. Denn, die nicht

45

unerheblichen Zahlungen der magischen Räte an die Betreiber der Aufzuchtstation hatte er glatt vergessen, zu erwähnen. Aber egal. Der Kerl war schon ein Sahneschnittchen und eventuell sogar göttlicher Abstammung. Also ganz genau das, was Marie mied wie der Teufel das Weihwasser. Wenn es dem Satan auch eigentlich so was von egal war, welcher Art Wasser war.

Das gleichmäßige Rauschen in der Luft veränderte sich. Marie schaute von Angeliki hoch und ihr blieb der Atem stecken. Unzählige, schuppige Leiber befanden sich im totalen Sturzflug direkt auf das Zentrum des Kraters zu. Dort hatte in der Zwischenzeit jemand Berge von toten Schweinen und Rindern ausgelegt. Am Rand steuerte gerade ein großer Radlader, wie sie in den Tagebauen üblicherweise Verwendung fanden, auf ein weit offenstehendes Tor zu.

„Sie verfüttern Tiere, die der Schweinepest und der Maul- und Klauenseuche zum Opfer gefallen sind. Da sind die armen Viecher wenigstens nicht umsonst gestorben. Den Drachen ist es gleich, ob die Futtertiere an irgendwelchen Infektionen litten. Die Magensäure eines Draconiden zersetzt einfach alles." Das war auch Marie schon zu Ohren gekommen.

„Und woher bekommt man diese Menge an Tieren?"

„Sie holen sie aus ganz Europa. Seit die Station auf Nissiros existiert, ist kein Kadaver mehr sinnlos verbrannt oder verscharrt worden." Das machte Sinn.

Angeliki begann in Maries Hand herzzerreißend zu schreien und sofort erhob sich ein Drache aus der streitenden Meute. Fafniretta kam hektisch flatternd auf sie

zugeflogen und landete auf Maries Arm. Sie senkte den Kopf und blies ein wenig warme Luft auf die Fee. Angeliki beruhigte sich sofort und schlief zufrieden das Näschen rümpfend wieder ein.

„Na, hast du auch Hunger, Liebes?" Marie kraulte Fafniretta unter dem Kinn. Sie machte sich an den Abstieg, denn die Pfleger hatten ihr eine Dose mit durchgedrehtem Fleisch in den Kühlschrank der Station gestellt. Apoll folgte ihr und beobachtete belustigt, wie Fafniretta gierig nach Maries Fingerspitzen schnappte, sobald diese in die Fleischschüssel griff.

„Feine Drachi. Futter nur schön. Mein Studium kann ich wohl erstmal canceln. Die beiden sind ein Fulltimejob." Apoll nahm ein Körbchen von einem Bord an der Wand hinter ihnen. Er nahm es zwischen seine großen Hände und begann es förmlich zu kneten. Dabei murmelte er Worte in einer Sprache, die Marie als Altgriechisch identifizierte. Fafniretta hatte gerade den letzten Rest Hackfleisch von Maries Fingern geleckt, da stellte Apoll ein wunderhübsches Moseskörbchen auf den Tisch. Diese geflochtenen Babybettchen fand Marie schon immer schön. Aber dieses spezielle Körbchen passte von der Größe perfekt zu Angeliki. Winzige Laken, Kissen und Deckchen machten das Körbchen zu einem perfekten Schlafplatz für die kleine Fee. Fafniretta, nun satt und zufrieden, beschnupperte den Korb und legte ihren Leib dann darum. So geschützt war Angeliki die am besten gesicherte Blütenfee der Welt.

N ach drei Tagen auf Nissiros blickte Marie mit großer Unsicherheit auf die Heimreise. Fafniretta schlief friedlich in ihrer Transportbox und Angeliki trug sie in einer winzigen Puppentrage, deren Träger Apoll magisch angepasst hatte, über ihrem Herzen. Oder eher gesagt, mitten im Dekolleté.

Beide waren pappsatt und dürften die nächsten Stunden erfahrungsgemäß verschlafen. Apoll war am Vorabend mit der Fähre gen Athen aufgebrochen, während Marie nun mit einem Ausflugsboot Richtung der Insel Kos starten würde.

Sie hatte den knurrigen Magier, oder was auch immer er war, in den vergangenen Tagen richtig liebgewonnen. Er war unter der grummeligen Schale ein herzensguter Mann.

Die vereinzelten Urlauber, die an einer der Geländewagentouren durch den Vulkankrater teilgenommen hatten, machten es sich auf dem Deck bequem. Sie diskutierten lautstark über den Boden der Caldera, der sich ziemlich schwammig angefühlt hatte. Maries unerheblicher Meinung nach war es eher, als liefe man auf diesen Kunststoffmatten, die auf Spielplätzen die Kids vor Platzwunden schützen sollten.

Die See war ziemlich rau und das Schiff sprang über die Wellen, kaum dass sie den geschützteren Hafen verlassen hatten. Nur wenige Minuten später waren die Abenteurer verstummt.

Einer von ihnen hing über der Reling und gab sein Lunch von sich, während einer seiner Kumpel ihn festhielt. Gischt spritzte über das Deck.

Am Himmel türmten sich in atemberaubender Geschwindigkeit Wolken auf, die von einem nahenden Gewitter kündeten. Marie zog sich ein Stück unter das Dach aus Segeltuch zurück, auch wenn hier nicht wirklich mehr Schutz zu erwarten war.

Das Schiff wurde inzwischen wie eine Nussschale von der Gewalt des Meeres umhergeworfen. Zwei weitere der Touristen konnten ihr Essen nicht bei sich behalten, machten sich aber nicht mehr die Mühe, sich zur Reling zu begeben. Das Meerwasser überspülte das Deck sowieso alle paar Sekunden.

Nachdem das Wasser auch mehrfach in Fafnirettas Reisebox eingedrungen war, beschloss Marie, dass es ihr egal war, ob jemand einen Drachen an Bord entdeckte.

Sie würde die Kleine nicht den Wellen aussetzen, vor denen sie sich nicht retten konnte. Sie hob den schnarchenden Drachen heraus und legte sich sie wie einen dicken Schal um den Hals. Die Box schob sie an die Wand und steckte ihre Reisetasche hinein. Sollte das Meer beschließen, sich beides zu holen, dann hatte Marie eben Pech.

Geld und Pässe hatte sie am Körper. Auch die Ausfuhrpapiere für Fafniretta und Angeliki trug sie, wasserfest verpackt, bei sich.

Nach einer weiteren halben Stunde wünschte Marie sich, statt auf den smarten Apoll, auf Poseidon getroffen zu sein. Egal, was wirklich an den Kerlen war und was nicht. Ein angeblicher Meeresgott war besser als keiner. Apoll war eher sinnlich geartet und so wäre Marie ein Meeresbezwinger im Augenblick ganz lieb gewesen.

Sie hob den Blick und musste beinahe lachen. Hatte sie sich gerade einen Meeresgott gewünscht, begleiteten jetzt plötzlich Delfine das Schiff. Sie übersprangen die Wellen, tauchten und tauchten wieder auf. Die Schule der Tiere wurde immer größer. Die Dunkelheit war schon lange hereingebrochen, als es zu schütten begann. Der Regen peitschte über das Deck und was die Wellen nicht vermocht hatten, war im Handumdrehen durchweicht.

Zum Glück kamen Lichter in Sicht, die die Nähe des Hafens anzeigten. Und dann fuhren sie auch schon ein. Das Wasser schlug gegen die Kaimauern und machten das Anlegen, sowie das Aussteigen und Entladen zum Abenteuer.

Marie zog Fafnirettas Box mit ihrer Tasche mehr zum wartenden Taxi, als sie sie trug. Der Sturm zerrte an ihren Kleidern und schlug ihr Fafnirettas Flügel um die Ohren. Diese pennte ungerührt weiter und schaffte es sogar, tiefenentspannt zu schnarchen. Allerdings war Angeliki vollkommen durcheinander und greinte an Maries Haut leise vor sich hin. Der Fahrer musterte Marie misstrauisch, als er

die leere Transportkiste in den Kofferraum hob und sie, klatschnass wie sie war, einstieg. Kopfschüttelnd zog er einen Zauberstab aus geöltem Olivenholz und blies heiße Luft zu Marie. Schon eine Minute später war ihr warm und die Klamotten trocken. Sogar mit einem zarten Duft nach frischer Wäsche hatte er sie versehen.

Am Flughafen verfrachteten sie gemeinsam Fafniretta zurück in die ebenfalls getrocknete Box. Marie blickte sich ein letztes Mal um, als sie die Abflughalle betrat, in der bereits ein großer Weihnachtsbaum mit blinkenden Lichtern stand und sie daran erinnerte, dass es nur noch vier Wochen bis zum Fest waren.

*****

Ihre Wohnung hatten sie bereits begonnen leerzuräumen. Marie traten die Tränen in die Augen, als sie ihre ehemals so gemütliche Bleibe im fünften Stock betrat. Die Vorhänge waren weg und auch ihre schönen Teppiche hatte man schon abgeholt. Auch von den Möbeln war nicht mehr viel da. Einzig im Schlafzimmer schraubten ihre Brüder gerade das große Himmelbett mit dem schmiedeeisernen Rahmen auseinander. Das Haus, in welches sie noch vor dem Abend ziehen würde, hatte Marie noch nicht einmal gesehen. Sie wusste nur, dass es außerhalb ihres Heimatdorfes lag. Ganz dunkel erinnerte sie sich an die alte Wassermühle, die romantisch an einem plätschernden Bach am Waldrand lag. Irgendwann, als sie noch mit Freundinnen zum Spielen im Wald verschwunden war, hatten sie die Mühle mal entdeckt. Dort hatte zu jener Zeit ein alter Mann gewohnt, der jedem mit seinem krummen Krückstock zu drohen pflegte, der seinem Haus zu nahe kam. Aber ob es dort eine Straße gab, oder einen Stromanschluss, dass entzog sich ihrer Erinnerung.

Der Transporter mit Maries Bett und den letzten Kisten aus ihrer Wohnung rumpelte um die Kurve. Irgendetwas da hinten im Frachtraum rutschte weg und es schepperte. Was

auch immer es war, es hörte sich an, als sei es für alle Zeit verloren. Aber anstatt sich zu grämen fiel Marie die Kinnlade herunter. So hatte sie die Mühle nicht in Erinnerung. Das war ja ein Ding. Das alte Gebäude war, zumindest was sie sehen konnte, komplett saniert worden. Die aus grob behauenem Sandstein gemauerten Wände hatte man gereinigt, das Ziegeldach glänzte, als sei es erst vor kurzem gedeckt worden und in großen Kübeln beidseitig der Tür steckten große Sträuße aus Fichtenreisig und Hagebuttenzweigen.

Margarethes Mann Clemens parkte direkt vor der zweiflügeligen, dunkelrot lackierten Haustür, deren Flügel einladend weit offen standen. Aus dem Inneren erklang eine der bekannteren Motetten von Bach.

Ausgerechnet „Der Geist hilft unserer Schwachheit". Marie verkniff sich ein Grinsen. Was Musik und deren Auswahl betraf kannte Conrad Wallenburg, der Vater des Clemens, der sich gerade hinter dem Lenkrad des Transporters hervorschob, keine Gnade.

Und da er den alten Bach angeblich seit der ersten Stunde verehrte, gab es kein Entkommen, sobald es Conrad nach Musik war. Marie zog Fafnirettas Box aus dem Fußraum der Beifahrerseite und öffnete das Türchen. Fafni schlief jetzt unruhiger und würde bald erwachen. Worauf sie immer mit Hunger reagierte. Der dann auch augenblicklich zu stillen war. In ihrer Art war sie einer Katze nicht unähnlich. Nur eben, dass eine Katze normalerweise nicht fliegen konnte. Und nicht vor lauter Ungeduld ein Haus anzünden konnte. Jedenfalls nicht so direkt.

Sie legte sich den Drachen um den Hals und betrat ihr neues altes Heim.

„Marie. Endlich." Sie fand sich augenblicklich in der festen Umarmung ihrer Mutter wieder.

„Was machst du nur für Sachen, Kind." Sie schob Marie soweit zurück, dass sie sie und ihre Entourage betrachten konnte. Fafniretta nutzte genau diesen Augenblick, um herzhaft zu gähnen. Zum Glück hinderten die Zahndrähte, dass sie das Mäulchen zu weit aufriss und ihre Mutter damit zu Tode erschreckte. Aber auch das leise Grollen und lautere Schmatzen, mit denen Fafni ihnen zu verstehen gab, dass jemand doch bitte eben mal schnell was zu futtern suchen sollte, reichte für den Augenblick.

„Ich habe da schon was vorbereitet." Margarethe tauchte hinter Maries Mutter auf und reichte ihnen eine Schüssel, aus der es ganz offensichtlich drachenlecker duftete. Fafniretta war augenblicklich hellwach. Und in einer Zwickmühle. Sie wollte unbedingt ihr Frühstück haben aber auch nicht Maries Schulter verlassen. Die beiden Frauen vor ihr waren der Welpin nicht geheuer. Zwar war sie ja schon mehrfach mit Margarethe zusammengetroffen, aber die Halbelfe und Hüterin hatte sie während des letzten Aufeinandertreffens geschnappt, mit einer großen Nadel geimpft und in eine Kiste gesperrt. Nichts anderes machte Marie zwar auch, aber sie hatte das Vertrauen der Kurzen. Und sie war nicht die Böse gewesen, die die Welpin von der Mutter getrennt hatte. Wobei man Fafni neben der toten Mutter gefunden hatte. Als letztes der Jungtiere hatte Fafniretta gelebt. Die anderen vier Welpen waren, bevor Margarethe den Fundort erreicht

hatte, von Raubtieren zerfleischt worden. Aber welches kleine Kind verstand schon, wenn man es von der Mutter trennte.

Marie nahm die Schale mit dem Fleisch und verzog sich wieder nach draußen. Auf einem großen, blanken Stein am Ufer des Baches setzte sie Fafniretta ab und stillte den größten Hunger ihres Raubtieres. Margarethe war ihr gefolgt und wartete in einem Abstand, den Fafni gerade so tolerierte.

„Sie sieht gut aus. Du machst deine Arbeit mit ihr sehr gut. Aber deshalb bin ich dir nicht gefolgt. Ich wollte dir sagen, dass es so wirklich nicht gedacht war. Du solltest wirklich nur die Gruppe nach Griechenland überführen. Es gab nie einen Plan, der dich in den Job einer Hüterin oder mehr zwingen sollte."

„Und es hat keine Rolle gespielt, dass ihr probieren wolltet, ob ich doch mehr elfisches Erbgut trage, als gedacht?" Margarethe wurde augenblicklich rot.

So war das also. Marie hatte es befürchtet und wusste nun nicht, ob sie lachen oder heulen sollte.

„Also, wir haben schon überlegt, ob wir es mit der Aktion aus dir herauskitzeln können. Aber niemand wollte, dass du dich für immer an solche Wesen bindest. Immerhin studierst du gerade und warst dabei, dir ein Leben nach deinem Geschmack aufzubauen. Wobei ich nicht verstehe, was du an dieser Wohnung fandest. So zwischen Betonwänden zu leben wäre nichts für mich."

„Naja, es war schön, inmitten vieler Menschen zu sein. Man hatte immer das Gefühl, nicht allein zu sein und außerdem war es praktisch, so nah an der Uni zu wohnen."

„Das ist ein Grund, aber trotzdem. Hier hast du es schöner. Die Mühle ist massiv aus Stein gebaut und für den Notfall gibt es ein Löschsystem. Außerdem seid ihr hier relativ unbeobachtet und du kannst Fafniretta auch mal fliegen lassen, ohne eine Rüge durch den magischen Rat zu fürchten. Passender Name, übrigens." Marie schob Fafni ein weiteres Stück des nicht ganz so fein geschnittenen Fleisches zwischen den Zahndrähten hindurch.

„Es erschien mir nur recht und billig, ihr einen Namen in Anlehnung an ihren Vorfahren zu geben. Wenn sie vermutlich durch ihre Probleme auch niemals die Macht ihres Urahns erringen wird." Margarethe trat einen Schritt näher, worauf Fafni die Flügel spreizte und fauchte. Dabei spie sie das letzte Stück Fleisch aus Versehen der Halbelfe direkt ins Gesicht. Zumindest hoffte Marie auf ein Versehen. Bei dem kleinen Gauner wusste man nie so genau. Trotz des verdrahteten Mauls war Fafniretta nämlich erstaunlich zielgenau, wenn es darum ging zu spucken. In einigen Jahren würde sie jeden Wettbewerb im Kirschkernspucken gewinnen.

„So ein Schelm. Speit mich einfach an."

Margarethe wich mit erhobenen Händen zurück. An Maries Haut begann nun Angeliki herzzerreißend zu schreien. Auch sie hatte wohl Hunger. Fafni wandte sich augenblicklich von der vermuteten Feindin ab und stupste die Puppentrage vorsichtig an. Aber die Fee schrie weiter. Marie blieb nichts anderes übrig, als die Kleine aus der Trage zu nehmen und auch für sie etwas vorzubereiten. Dafür musste sie nur Fafniretta absetzen.

*****

D ie Küche der Mühle war großzügig und hell.
Und komplett aus Steinen gebaut. Die Schränke
hatte ein schlauer Mensch aus den schönen
Sandsteinen gemauert, zwischen denen Herd, Kühlschrank
und Mikrowelle eingebaut worden waren. Auf Augenhöhe
umlief ein Bord aus Eichenbohlen den ganzen Raum, auf
dem Vorratsgläser, Geschirr und eine Reihe Drahtkörbe
untergebracht waren. Der Tisch war eine Platte aus
poliertem Granit, die auf Böcken aus Stahl lag.

Derselbe Granit, aber aufgeraut und uneben, war auf dem
Fußboden verlegt. Eine ungefähr vier Quadratmeter große
Ecke war mit rohen Felsbrocken und vielen Strandkieseln in
verschiedensten Farben und Größen ausgelegt. Fafniretta,
die hinter Marie und Angeliki her gestiefelt war, grunzte
erfreut und nahm den Steinhaufen augenblicklich für sich in
Beschlag.

Neben dem Tisch hatte jemand Maries Tasche abgestellt,
aus der sie nun Angelikis Körbchen nahm. Sie betete die
Minifee da hinein und machte sich daran, ein winziges
Fläschchen zu bereiten.

Der Alltag mit ihren Sorgenwesen erwies sich als ganz schön anstrengend, aber ziemlich simpel. Fafni und Angeliki wollten einfach nur satt, und im Fall der Fee, sauber sein. Ansonsten flog Fafni immer mal wieder eine kurze Runde um die Mühle, wobei sie gehörigen Respekt vor allen Tieren des Waldes hatte.

Der Igel hätte ja beißen können.

Marie hatte sogar an einer der Proben des Chores teilnehmen können, der im Advent zu diversen Märkten, in Kirchen und auf sonstigen Veranstaltungen sang. Wie gesagt, waren Maries Mitbewohner satt, dann konnte sie die auch mal für einige Stunden alleinlassen.

Allerdings tat sie das sehr ungern. Man wusste ja nie, wer durch Zufall an der Mühle vorbeikam.

Und Fafniretta lag zu gern auf einem Felsen am Bach und ließ die Schwanzspitze in der Strömung hängen.

Ansonsten waren in den vergangenen Tagen gefühlt alle Familienmitglieder, Freunde und entfernte Bekannte vorbeigekommen. Jeder einzelne von ihnen brachte Fleisch, Töpfe mit diversen Dornbuschwolfsmilcharten und Babymilch mit.

Und für Marie mehr oder wenige sinnvolle Ratgeber. Sie hatte, die noch zum großen Teil leeren, Regale ihrer neuen Bibliothek teilweise mit den absonderlichsten Büchern gefüllt. Und ja, sie besaß ein Bücherzimmer.

Ihre eigenen Bücher nahmen nur einen kleinen Teil des großzügigen Raumes mit den deckenhohen Regalen ein. Aber die Neuankömmlinge waren auch nicht zu übersehen. Da waren Ratgeber für junge Eltern, für Alleinerziehende,

ein Almanach der Lebensformen, Bücher über die Erziehung magischer Haustiere, Drachenartenlexika, Kochbücher für Kinderkost und Drachenfutter und sogar ein schmaler Band der „Studieren mit Draconiden" hieß.

Die Sache mit dem Studium würde sie zum neuen Semester hin entscheiden.

Irgendwie kam ihr die Wahl des Faches nicht mehr ganz richtig vor. Vielleicht hätte sie ja von Anfang an auf ihre Tante hören sollen, die ihr eine etwas „naturnähere" Ausbildung empfohlen hatte.

*****

Marie schlenderte über den Weihnachtsmarkt des nahegelegenen Schlosses. Der Stand eines Kunstschmiedes ließ sie strahlen. Das war genau das, was sie gesucht hatte. Da Fafni sich nach wie vor nicht wirklich unter Kontrolle hatte, besaß Marie noch keinen Adventskranz. Sie fürchtete, dass die Welpin das Reisig nur zu schnell ankokeln würde, vor allem, da diese ein neues Hobby hatte. Fafniretta leckte mit größtem Vergnügen Kerzen aus und entzündete diese dann mit ihrem Atem neu. Aus Angst, dass der Drache sich dabei an irgendwelchen künstlichen Zusatzstoffen in den Kerzen vergiftete, war sie schon dazu übergegangen, reines Bienenwachs selber zu Kerzen zu gießen. Und jetzt hatte sie den perfekten Adventskranz entdeckt. Aus Eisen geschmiedet, mit schmiedeeisernem Schmuck und vier großen Kerzentellern. Schwer und schön zugleich. Der würde sich perfekt auf ihrem Tisch machen und Fafniretta konnte ihrem Vergnügen nachgehen, so oft sie wollte.

Der Kauf war ein voller Erfolg. Während draußen kalter Wind ums Haus blies und ein Feuerchen im Küchenkamin flackerte, spielte Fafni auf dem Tisch mit den Kerzen.

Angeliki krabbelte auf einer der Babydecken herum, die Marie ebenfalls in ausreichender Anzahl geschenkt bekommen hatte. Und sie selbst saß in einem etwas fadenscheinigen Ohrensessel vorm Kamin und hatte die Füße auf das Kamingitter gelegt, damit sie so richtig schön durchgewärmt wurden. Das Dasein konnte so schön sein, wenn man sich darauf einließ. Marie goss sich noch etwas von dem herrlichen Kräutertee aus der nostalgischen Porzellankanne in die Tasse, der gestern im Postkasten gewesen war. Der Absender hatte das Päckchen auf der Insel Delos aufgegeben, daher vermutete Marie Apoll als Absender. Allerdings musste der Kerl sich ihre Anschrift auf einem magischen Weg besorgt haben, denn diese war nur wenigen bekannt. Also, außer den unvermeidlichen Ämtern und den Lieferdiensten, die ihr auch in die Wildnis immer wieder mal eine Pizza oder gebratenen Reis mit Gemüse brachten.

Fafniretta fauchte gerade glücklich quietschend eine der Kerzenflammen wieder zum Leben, als die Tür ins Haus fiel. Marie fiel der Becher aus der Hand und Fafniretta verschluckte sich, als ein Trupp vermummter Bewaffneter in die Küche stürmte. Marie hatte kaum erfasst, was da abging, da war es bereits stockfinster und sie hörte den Drachen brüllen. Dann wurde es schlagartig still. Der Sturm fuhr durch die offenstehenden Türen und brachte eisige Luft in das eben noch so heimelige Haus. Marie begriff, dass man ihr einfach einen Plastikmüllsack über den Kopf gezogen hatte. Sie streifte diesen ab und sprang auf. Alles sah aus wie zuvor.

Nur ohne Drache.

Die hatten es gewagt, Fafniretta zu kidnappen! Auch Angeliki begriff in diesem Augenblick, dass ihre beste Freundin weg war. Sie begann jämmerlich zu weinen.

Marie fühlte sich wie erstarrt. Erst als der uralte Festnetzapparat an der Wand zu schellen begann, erwachte sie aus der Lethargie.

„Da waren Männer. Sie haben Fafniretta." Mehr bekam sie nicht heraus. Zum Glück war der Anrufer jemand, der eingeweiht war. Cernun, einer der besten Freunde Lillys, schwieg kurz und befahl ihr dann, die Türen, die noch funktionierten, zu schließen und auf ihn zu warten.

Marie begann durchs Haus zu tigern. Sie durchquerte, mit Angeliki im Arm, sogar die alte Mühlenhalle, in der zu früheren Zeiten Stoffe gewalkt worden waren. Das Wasser plätscherte draußen über das festgestellte Mühlrad, als würde gerade nur eine kurze Pause von der Arbeit eingelegt werden. Endlich hielt ein Auto. Aber nicht Cernun erschien, sondern Conrad, der seinen anderen Sohn Johannes und dessen Frau Syringa im Schlepptau hatte. Diese wiederrum trug einen großen Henkelkorb bei sich, indem einige ihrer Untermieter hockten. Syringa bot alljährlich Blütenfeen, die es aus irgendwelchen Gründen nicht geschafft hatten, ein Winterquartier zu finden, Obdach in einer eigens dafür eingerichteten Bleibe. Die Herbergseltern waren Feen, die das ganze Jahr bei ihr in Haus und Garten lebten. Während Syringa also die Feen auf Angelikis Decke setzte, begannen die Männer, die Haustür zurück in den Rahmen zu setzen und nach Spuren der Entführer zu suchen. Marie übergab

Angeliki an die Feen, die sogleich begannen, sie zu wickeln und ihr kleine Häppchen aus getrockneten Blütenpollen zu füttern. Hicksend kaute die Babyfee, bevor sie wieder zu schluchzen begann.

Eine Centifolienfee, die passend zu ihrer Rose in ein leuchtend pink gefärbtes Kleid trug, stupste Marie an.

„Geh den Drachen suchen, vorher wird sie sich nicht wieder beruhigen. Sie braucht ihre Partnerin." Das hatte Marie ja schon vorher kapiert, aber sie konnte sich nur schwer von ihrem zweiten Pflegling trennen.

Eine Hand legte sich schwer auf ihre Schulter.

„Komm, du musst sie suchen. Sie braucht dich." Marie fuhr herum-. Vor ihr stand Apoll. Cernun untersuchte gerade das Schloss der Haustür mit einer Lupe.

„Er hat mich gleich gerufen, nachdem er mit dir telefoniert hat."

„Ihr kennt euch?" Als ob es keine dringendere Frage gäbe. Aber Marie musste es wissen.

„Aber klar doch!" Cernun trat zu ihnen.

„Auch Apoll ist Mitglied der Götterdämmerung."

Marie verstand gar nichts mehr.

„Götterdämmerung? Das hat doch irgendwas mit einer Oper von Richard Wagner zu tun?" Beide Männer verdrehten im Gleichklang die Augen.

„Immer wieder dieser Mist. Der Typ hätte uns kein schlimmeres Ding andichten können. Einmal hat es einer falsch übersetzt und der Wagner musste es natürlich aufgreifen. Schlechte Recherche. Immer wieder machen sie das. Suchen sich eine angebliche Realität aus, die ihnen

gerade mal so passt. Untergang der Götter im Weltenbrand. So ein Schwachsinn. Eigentlich haben sich nur die Götter zusammengetan, die aus dem Glaubenskanon der Menschen verschwunden sind."

„Es gibt einen Verein der ehemaligen Götter?" Wie cool war das denn. Allerdings bedeutete das wohl, dass ihr Verdacht richtig gewesen war.

„Du bist der echte Apollon?" Apoll nickte mit ernstem Gesichtsausdruck.

„Ja, aber lass uns später darüber reden. Wir müssen Fafniretta finden, bevor die Entführer großen Mist bauen. Mit der Magie eines Erben des Fafnir ist nicht zu spaßen."

Draußen wartete ein Streitwagen, vor dem zwei herrliche Rappen eingespannt waren, auf sie. Während sich Cernun zu seiner Schlangenform wandelte, die er als Gottheit verkörperte, blieb Marie einmal mehr der Mund offenstehen. Apoll hob sie auf den Wagen, Cernun machte es sich auf dem Rand der goldenen Verkleidung desselben bequem und Apoll stellte sich hinter Marie. Er griff die Zügel und trieb seine Pferde an.

Es waren keine. Also Pferde. Mit Erstaunen erkannte Marie, dass vor Apolls Wagen zwei wunderbare Pegasi gen Himmel strebten.

„Wow." Mehr kam nicht aus ihrem Mund. Sie konnte einfach keine Worte formen, als über den Baumwipfeln ein von dicken Wolken durchsetzter Sonnenuntergang erschien.

„Nach unten gucken und die Entführer suchen." Marie senkte den Kopf. Aber wie sollte sie die Männer erkennen? Die nutzten doch gewiss einen Wagen? Sie würden ja nicht

zu Fuß mit einem Drachen im Sack unterwegs sein. Wobei, so ruhig wie Fafniretta geworden war, als sie entführt wurde, hatten sie sie vermutlich betäubt.

Marie suchte die Wege zwischen den Bäumen ab. Sie erreichten die nächste Kleinstadt, in deren erweitertem Dunstkreis auch ihre Mühle stand. Jetzt war es unmöglich, ein Fahrzeug herauszufiltern. Und die wenigen Fußgänger, die unterwegs waren, sahen nicht so aus, als hätten sie gerade einen lebendigen Drachen entführt. Und auch mit größerem Gepäck war niemand zu entdecken, denn dass Fafni in ein elegantes Abendtäschchen passte, bezweifelte Marie doch stark.

„Lasssss unsss lansen." Cernun neigte sich so, dass er Apoll ins Gesicht blicken konnte. In seiner Form als Natter war er zwar schlecht zu verstehen, aber Apoll lenkte die Pegasi prompt dem Boden zu. Sie landeten auf einem abgeernteten Feld außerhalb der bewohnten Gebiete. Nebel senkte sich mit ihnen nach unten und verbarg das ungewöhnliche Gefährt vor zufälligen Beobachtern. Ein Handy klingelte schrill.

„Oxi[1]." Apoll lauschte aufmerksam, nickte und warf das Smartphone mit Schwung in den Fußraum des Streitwagens.

„Conrad sagt, sie sind in Richtung Autobahn unterwegs, sie fahren einen schwarzen Lieferwagen ohne Aufschrift. Seine Leute folgen ihnen mit ausreichendem Abstand."

„Und jetzt? Warten wir einfach ab?" Er schüttelte den Kopf.

---

[1] Ja (griechisch)

„Das können sie vergessen. Wir folgen ihnen von oben. Los geht's."

Sie entdeckten den Lieferwagen nur, weil ihm die Cernun und Marie wohlbekannten Geländewagen und SUVs von Conrads Firma folgten. Die Wallenburgs hatten sich vor Jahren auf die Aufdeckung groß angelegter Drogenringe spezialisiert und waren Profis, was Überwachung und Verfolgung Verdächtiger betraf. Trotzdem war Marie schlecht vor Angst um ihren Schatz.

„Sie werden ihr nichts tun, Liebes. Deine Fafniretta ist viel zu wertvoll, als dass sie eine Verwundung oder gar ihren Tod riskieren würden." Sein Wort in Gottes Gehörgang. Wobei es ja eigentlich schon dort war. Marie schüttelte sich innerlich. Diese Göttersache machte ihr zu schaffen. Obwohl sie Cernun schon ihr Leben lang kannte, fühlte es sich irreal an, mit Apollon, einem der Götter des griechischen Olymps, in seinem goldenen Streitwagen zu fliegen, der auch noch von echten Pegasi gezogen wurde. Diese hoben auch bereits wieder ab und drehten bei, sodass kurz darauf die Autobahn in Sicht kam. Leider auch das nahe gelegene Autobahndreieck. Da keiner auch nur den Hauch einer Ahnung hatte, wohin es die Entführer zog, brauchten sie jetzt ein Quäntchen Glück. Nämlich dieses, dass der Transporter das Dreieck noch nicht erreicht hatte und sie so nicht aus Versehen einem verkehrten Wagen folgten.

„Da issssst Conrads Panamera!" Marie beugte sich über den Rand des Wagens und erkannte das pechschwarze Auto mit dem schattenhaften heulenden Wolf auf dem Dach, den ein Enkel Conrads ihm einmal mit seiner Airbrushpistole

verpasst hatte. Aber von einem Transporter war nichts zu sehen. Conrad nahm allerdings zielgerichtet den Abzweig, der am nächsten internationalen Flughafen vorbeiführen würde.

„Also los!" Apoll gab die Zügel frei und spornte seine Rappen an. Sie überholten Conrad und entdeckten auf der Überholspur drei weitere Fahrzeuge der Wallenburgs. Die rechte Spur war schlecht einsehbar, da sich ein Lastwagen an den nächsten reihte. Die Sattelzüge fuhren beinahe Stoßstange an Stoßstange und es gab kaum Lücken dazwischen. Nur hin und wieder hatten sie einen Kleinwagen zwischen sich.

„Sssschaut!" Cernun deutete mit der Schwanzspitze auf die Lasterreihe. Und wahrlich. Auf dem Standstreifen fuhr doch glatt ein schwarzer Transporter. Vor den anderen Fahrspuren gut verborgen durch einen besonders langen LKW. Apoll wählte bereits und gab die Information an Conrad weiter, dessen Männer bereits an den Entführern vorbeigerast waren. Noch während er sprach, zog er an den Zügeln und verlangsamte den Flug der Pegasi. Mit einigen wenigen, fast unmerklichen Lenkbewegungen brachte er die gut ausgebildeten Pferde dazu, sich direkt von oben an den Transporter zu nähern. Sie waren bis auf einen Meter Höhe an den Wagen rangekommen. Der Trucker neben ihnen schüttelte ungläubig den Kopf, blieb aber auf Apolls Zeichen hin ruhig. Cernun ließ sich vom Streitwagen auf den Transporter gleiten und verschwand durch den Spalt eines heruntergelassenen Fensters im Inneren. Der Streitwagen senkte sich weiter, während Apoll sich Marie auf den Rücken

hob und ebenfalls ausstieg. Der Truck neben ihnen bremste ab und ließ einen der schwarzen SUWs der Wallenburgs auf die rechte Spur. Allerdings entpuppte sich das als großer Fehler. Der Transporter bremste abrupt, um den SUW; der ja zwischen den Trucks festhing, loszuwerden. Allerdings kostete dieser Vorgang Apoll das Gleichgewicht, so dass er vom Dach abrutschte und sich gerade noch an der Reling festklammern konnte. Marie war übel. Aber sie konnte sich jetzt einfach nicht übergeben. Das musste warten, bis Fafniretta wieder in ihren Armen lag. Sie klammerte sich ihrerseits an Apoll fest, der inzwischen auf der Anhängekupplung stand und mit einer Hand am Schloss der hinteren Türen fummelte. Der Wagen stoppte im selben Augenblick, als die Türen aufschwangen. Apoll katapultierte Marie ins dunkle Innere, während er sich vor den Türen platzierte und breitbeinig Aufstellung nahm. Marie konzentrierte sich auf den dämmerigen Innenraum. Einzig eine große, eiserne Kiste stand an der Rückwand. Ein großes Vorhängeschloss, dass uralt aussah, hielt den Deckel unten. Mist. Das bekam sie auf keinen Fall auf. Und die Kiste war auch zu schwer, um sie hinten aus dem Wagen zu schieben.

Es knallte, gleich gefolgt von einem Scheppern. Metall schlug auf Metall und Marie wurde gegen die der Straße abgewandte Seitenwand geschleudert. Stimmen riefen, jemand schrie schmerzerfüllt. Und in der Truhe begann Fafni zu randalieren. Auch diese hatte es bei dem letzten Aufschlag durch das Wageninnere geschoben. Marie hatte sich gerade gefangen, als einer der Maskierten die unversehrte Seitentür aufschob und ihr die Hand an die

Kehle setzte. Er drückte zu. Das letzte, was Marie sah, waren grüne Augen. In einem allerletzten Aufbäumen der Kraft zog sie ihr Knie hoch und stieß zu. Die Luft kehrte wieder. Keuchend sank sie zu Boden. Etwas Schweres fiel auf sie. Bevor sie sich darunter hervorschieben konnte, Knirschte und schepperte es ein weiteres Mal ohrenbetäubend. Wieder schob etwas den Innenraum zusammen. Jemand hämmerte an die kleine Scheibe, die den Durchblick in die abgetrennte Fahrerkabine erlaubte. Marie erkannte, dass es Cernun in Menschengestalt war, der da auf sich aufmerksam machte. Sie schob den reglosen Mann von sich herunter und blickte sich um. Neben ihm lag ein Baseballschläger. Manchmal hatte frau eben Glück im Unglück. Sie wartete, bis Cernun von der Scheibe verschwand und schlug zu. Glas splitterte und gleichzeitig drang dicker, schwarzer Qualm in den Laderaum. Zischend schlängelte sich Cernun nun wieder in Schlangenform durch das Fensterchen zu Marie, die sich ihr Halstuch über Mund und Nase gezogen hatte, riss und zog gerade an dem bewusstlosen Entführer, um ihm seine Maske abzuziehen. Es gelang, aber sie plumpste unsanft auf den Boden. Sie warf Cernun, der gerade die Gestalt wechselte, die Maske zu, der sie sich flink überstreifte.

Während Cernun durch die offenen Hintertüren entschwand, durchsuchte Marie die Taschen des Entführers nach dem Schlüssel für Fafnirettas Gefängnis. Außer einem ziemlich ekligen, gebrauchten Papiertaschentuch fand sie nur einen einzelnen Cent. Sonst nichts. Leise fluchend sprang auch sie aus dem Wagen, um Hilfe zu holen. Der Qualm, der vom Motor aufstieg war unerträglich. Aus dem

Inneren des Transporters hörte man Fafni jämmerlich schreien. Aber was draußen los war, war ein unbeschreibliches Chaos. Es schien, als sei die Autobahn explodiert. Mindestens drei Trucks hatten sich ineinander verkeilt, einer der SUWs brannte lichterloh und mindestens zehn Männer lieferten sich eine wüste Schlacht. Zu allem Überfluss begann es in diesem Augenblick zu schneien. Dicke, nasse Flocken sanken zu Boden, verzischten auf brennenden, oder zumindest verflixt heißen Oberflächen. Marie sah sich um. Da kämpften Conrads Männer mit den schwarz gekleideten Entführern. Einige Fremde in T-Shirt und Jeans, die an den Trucks lehnten, wahren vermutlich deren Fahrer und drei weitere Typen mit archaischen Schwertern schlugen die einen wie die anderen. Marie schnappte sich einen herumrollenden Feuerlöscher, der hoffentlich noch nicht leer war. Aus der Ferne klangen Sirenen, die immer näherkamen. Sie richtete den Feuerlöscher auf den Transporter.

Nichts geschah. Sie hätte es wissen müssen. Wer ließ schon einen vollen Löscher hier rumliegen.

Gerade stolperte einer der Schwertkämpfer rückwärts, da er einem großen Hund ausweichen wollte, der sich in seinen Arm verbissen hatte. Marie sah ihre Chance gekommen und schwang den Feuerlöscher. Er traf den Kämpfer im Rücken. Dieser schwankte nur leicht. Gerade, als sie ein weiteres Mal zuschlagen wollte, sackte er in sich zusammen wie ein nasser Sack. Der Hund stellte sich mit gehobenen Lefzen breitbeinig auf seine Brust. Die Köter Conrads waren Gold wert.

Während der Hund interessiert schnüffelte, fiel Marie auf die Knie und begann, auch dessen Taschen zu durchsuchen. Wieder nichts. So langsam wurde sie mehr als nur sauer. Sie schnappte sich das neben dem Typen liegende Schwert, richtete es auf und zog sich daran hoch. Einmal stehend, erhob sie die ungewohnte Waffe und suchte mit den Augen nach den verbliebenen Entführern. Einer musste den Schlüssel zu Fafnis Gefängnis haben. Ihr durfte einfach nichts passieren. Das Schwert wurde ihr von hinten entrissen. Sie fuhr herum und sah Apoll, der die Waffe über den Kopf erhob, zielte und warf. Mit schier unmenschlicher Kraft katapultierte er dabei den massiven Zweihänder über die Köpfe der Kämpfenden und direkt auf einen der verbliebenen Entführer zu. Dieser wich der Gefahr zwar aus, prallte aber gegen einen der verunfallten LKWs und wurde von Johannes zu Boden gedrückt. Blitzschnell trug er martialisch anmutende, eiserne Handfesseln. Die Dinger sahen aus, als wären sie dem späten Mittelalter entnommen. Oder einem entsprechenden Museum.

Aber sie hielten, egal, wie er sich wehrte und er trug auch gleich darauf ähnliche Dinger um die Fußgelenke. Marie stürzte zu ihm und zog triumphierend gleich darauf einen großen, schmiedeeisernen Schlüssel aus dessen Hosentasche. Sie zog ihr Tuch wieder vors Gesicht und kletterte zurück in den Transporter. Drin war es stickig und viel zu heiß.

Das verflixte Ding stand kurz davor, in die Luft zu gehen. Blind tastete Marie nach der Kiste und schob den Schlüssel ins Schloss. Es brauchte all ihre Kraft, um den großen

Schlüssel zu drehen, aber dann, als sie schon aufgeben wollte, sprang das Vorhängeschloss endlich auf.

Sie hob den Deckel an und schon kletterte ihr eine grunzende Fafniretta entgegen. Diese schnupperte kurz und trötete glücklich auf. Dann flatterte sie auf Maries Schulter und kuschelte sich an ihren Hals. Marie sprang aus dem Transporter. Und keinen Moment zu früh. Krachend und prasselnd übernahmen ihn die Flammen. Sie hatte sich kaum auch nur fünf Meter zurückgezogen, da stand der Wagen auch schon im Vollbrand. Eine feste Hand zog sie beiseite und schob Marie in den Streitwagen, der auf dem Feld neben der Autobahn geparkt hatte. Die Pegasi liefen augenblicklich an und hoben ab, gerade als das erste Polizeiauto die Unfallstelle erreichte. Unsicher nahm sie die Zügel in die Hand, aber die fliegenden Rappen schienen zu wissen, was ihre Aufgabe war. Sie drehten eine weite Runde über das wie ein Schlachtfeld aussehende Areal am Rand der Autobahn und flogen dann in Richtung der Berge. Fafni schien sich flink von ihrem Schreck erholt zu haben, denn sie kreischte fröhlich auf und hob von Maries Schulter ab. Funkenspuckend segelte sie dann neben dem Streitwagen Apolls her, bis die Pegasi vor der Mühle landeten. Die Haustür war geöffnet und alle Fenster im Erdgeschoss hell erleuchtet. Marie ging um den Wagen herum und strich nacheinander jedem Pegasus über die Mähne.

„Ich danke euch." Beide Tiere neigten den Kopf, als nähmen sie den Dank huldvoll wie Könige entgegen.

„Es sind sehr sensible Tiere. Sie verstehen genau, wenn ihnen jemand nur gutes will." Marie entdeckte einen ihr

fremden Mann, der an einer uralten Buche lehnte, deren Äste weit über den Mühlbach reichten. Er stieß sich ab und trat mit ausgestreckter Hand auf Marie zu.

„Ich bin Julius, der Herr dieser Wälder und froh, dass sich dein Erbe so eindrucksvoll zeigt."

Oha. Das war also der geheimnisvolle Waldelf, den sie bislang eigentlich in die Welt der Mythen verortet hatte. Der Elf, der mit einer Wölfin an seiner Seite durch die grünen Lande zog und manchmal in einem Wagen reiste, der von einem weißen Hirsch gezogen wurde.

„Hallo Herr Julius. Ich…" Julius grinste sie an.

„Wir sind untereinander nicht förmlich. Ich freue mich, dass du zu uns gefunden hast. Die Mühle musste viel zu lange auf elfische Bewohner verzichten. Ihre Magie ist uralt und droht zu sterben, seit die alten Handwerke sterben. Der Zauber des Mühlrades ist so alt wie die Menschheit und so mächtig wie das Wasser, das es antreibt. Ein idealer Ort, sich um Wesen wie die deinen zu sorgen und sie aufzuziehen."

Wow. Welche Rede. Marie hob den Arm und ließ Fafniretta landen, die lauter kleine Kreise über der freien Fläche vor der Mühle gedreht hatte.

Julius trat näher und neigte den Kopf vor dem verdrahteten Drachen.

„Verehrteste Erbin des großen Fafnir, sei gegrüßt." Als Antwort stieß Fafni einige Funken in die kalte, feuchte Luft, wo sie zischend mit einigen Schneeflocken kollidierten.

„Geh ins Haus, Marie und erhole dich von dem Schock. Ihr habt außerdem zu viele giftige Gase eingeatmet, ihr müsst euch beide erholen. Apoll wird später zu dir kommen

und alles erklären." Julius wandte sich um und war nur Sekunden später mit dem Wald verschmolzen.

Maries Mutter und Tante hatten gekocht. Köstliche Düfte zogen durchs Haus. Marie trat aus der Dusche und rubbelte sich über die Haare. Angeliki hatte gleich nachdem Fafni stinkend wie sie war, in die Küche getrappelt war, aufgehört zu weinen und schlief nun auf dem nach verbranntem Diesel und Öl duftendem Drachenschwanz wie der Engel, der sie dem Namen nach war. Die Blütenfeen Syringas hatten sich durch Lilly entschuldigen lassen, da sie sich um einige, zu dieser Jahreszeit häufiger auftretende, Notfälle zu kümmern hatten und Lilly sehr gut in der Lage sei, sich an ihrer statt um Angeliki zu kümmern. Vermutlich waren sie aber nur vor dem brüllenden, verkrüppelten Häufchen Elend geflüchtet. Marie zog einen warmen, handgestrickten Pullover an, der ihr bis über die Knie reichte. Zusammen mit den kuschelweichen Leggings aus Fleece fühlte sie sich bequem, aber trotzdem gesellschaftsfähig bekleidet. Unten klapperte Geschirr.

„Marie? Bringst du bitte dein Untier dazu, sich zu baden? Der stinkt erbärmlich. Da schmeckt die beste Suppe nicht." Wo die Mutter recht hatte, hatte sie recht. Marie hob vorsichtig die schlafende Angeliki vom Drachen und hob die protestierende Fafniretta kurzerhand hoch.

Draußen stellte Marie sich ans Bachufer und schubste ihren Drachen einfach ins kalte Wasser. Fafniretta fauchte, blies Flammen und begann, sich in einer beinahe kreisrunden Bucht unterhalb des großen Steins, auf dem sie so gern saß, im Wasser zu platschen. Sie schlug mit den Flügeln, erhitzte

das Wasser bis kurz vorm Siedepunkt und tauchte unter. Mit einer fast schon garen Forelle tauchte sie wieder auf und verschlang ihren Fang genüsslich seufzend. Seit Marie die Zahndrähte, die Ober- und Unterkiefer verbanden, tagsüber wegließ, genoss Fafni es, alles zu fressen, dessen sie habhaft werden konnte. Wobei frischer Fisch sehr weit oben auf der Lieblingsfrassleiter lag.

Die verbliebene Zahnspange schien sie dabei nicht die Bohne zu stören. Die Spanndrähte, die mit Brackets an den Zähnen an sich befestigt waren, ignorierte sie einfach. Allerdings hasste sie es, dass Marie regelmäßig mit einer Zahnbürste und Pinzette Fleischreste aus den Zwischenräumen der Zähne und von den Drähten pulen musste, da sonst Fafnis Maulgeruch einfach unerträglich war. Sie übten daher jeden Tag, nach den Mahlzeiten das Maul durch Feuerstöße zu reinigen. So verbrannten etwaige Überreste einfach. Aber Fafni hatte, wenn sie satt war, selten Lust dazu. Marie betrachtete ihren Drachen, der gerade wieder abtauchte und streichelte Angeliki übers samtweiche Köpfchen. Die Kleine schmiegte sich in Maries Hand und lächelte im Traum. Ihr Gesichtchen war vom stundenlangen Weinen völlig verquollen, aber zuckersüß in ihrem Vertrauen zu ihr. Es schneite unaufhörlich. Der dritte Advent würde ein winterwunderromantischer Tag werden.

Marie pfiff nach Fafniretta, die aus dem Wasser kletterte, sich schüttelte und kurz mit gezielten Feuerstößen trocknete. Sie tapste grummelnd hinter Marie her zurück ins Haus, rülpste und sank auf ihr drachengemütliches Steinnest.

„Machst du noch schnell den Kamin an?" Fafni hopste wieder auf den Boden und entzündete die Kiefernzapfen, die zwischen den Holzscheiten im Kamin aufgestapelt lagen. Wenn nicht die Sorge um die Männer gewesen wäre, die sich nun mit Polizei und Feuerwehr herumschlagen mussten, hätte Marie den Abend total genießen können.

Während das fahle Licht draußen nachließ und von der abendlichen Dunkelheit abgelöst wurde, betrachtete Marie, stumm den köstlichen Eintopf löffelnd, die beiden schwarzen Pferde. Denen sah man vor ihrem Haufen Heu, den Tante Lilly ihnen direkt vors Küchenfenster geworfen hatte, nicht an, wie besonders sie waren.

„Was schätzt ihr, wann sie Bescheid geben?" Lilly hob die Schultern.

„Das kommt darauf an. Conrad muss erst der Abteilung der Polizei Bericht erstatten, die für anderweltliche Verbrechen zuständig sind. Das kann dauern. Die Mühlen der Gesetzlichkeiten mahlen bekanntlich langsamer als dein Wasserrad. Und da vermutlich die Autobahnpolizei jene waren, die zuerst vor Ort waren, dauert es. Und wenn Götter in die Handlungen verstrickt sind, erstrecht. Da muss dann ein übergeordnetes Gremium entscheiden, wie vorgegangen wird. Cernun kann da ein Liedchen von singen." Marie schüttelte innerlich den Kopf. Wie naiv sie doch bis vor Kurzem gewesen war. Und nun kannte sie gleich zwei Gottheiten aus zwei unterschiedlichen Kulturkreisen, die sich untereinander gut verstanden und interagierten. Die Pferde wieherten und traten unruhig auf der Stelle.

E in Geräusch ließ sie aufhorchen. Es knirschte und brummte, als ob sich ein Wagen auf dem matschigen Fahrweg näherte.

„Endlich." Die drei Frauen sprangen auf und spähten nach draußen, in Erwartung eines der Männer Conrads oder eines der Götter.

Wider Erwarten bog ein Polizeiwagen um die Ecke und kam mit blinkendem Blaulicht vor der Mühle zum Stehen. Die Türen flogen auf und fünf mit Maschinengewehren bewaffnete Polizisten sprangen heraus.

Die gerade erst reparierte Tür flog wieder aus den Angeln, als die anstürmenden Polizisten sie einfach eintraten.

Marie hob Angeliki flink noch aus ihrem Körbchen und versteckte sie auf einem Regalbord hinter einem Krug, während ihre Mutter einen der großen Steine von Fafnirettas Nest beiseite rollte, Fafni darunter stopfte und den Stein an seinen Platz zurückbrachte. Dann waren sie da.

Sie stapften mit erhobenen Waffen in Maries eigentlich so heimelige Küche. Zwei von ihnen trieben die Frauen gegen die hintere Wand und sorgten mit ihren Waffen dafür, dass diese sich nicht bewegten. Die restlichen drei Männer begannen, im Haus jeden Stein umzudrehen.

„Wo habt ihr das Biest versteckt?" Lilly blickte den Polizisten mit einer Unschuldsmiene an, die sogar Marie ihrer Tante beinahe abgekauft hätte.

„Wovon redet ihr? Welches Biest? Meint ihr etwa meine Nichte hier?" Sie deutete auf Marie.

„Die würde ich aber eher als Zicke denn als Biest bezeichnen, aber sie steht vor euch."

„Lass die schlechten Scherze, Weib. Wo ist der Drache?"

„Drache? Also meinst du meine Schwester?" Der Wortführer sprang vor und verpasste Lilly eine schallende Ohrfeige.

Das war zu viel. Marie sprang den unverschämten Kerl an und fand sich, ehe sie es sich versah, zu Boden gedrückt und mit einem Knie im Rücken wieder.

Im ganzen Haus polterte und krachte es. Die unverschämten Kerle stießen offenbar Maries Möbel um, rissen alles aus den Schränken und schienen sich sogar der frisch verlegten Bodendielen anzunehmen.

„Hier ist nichts. Wo geht es in den Keller?"

„Los, sagt. Wo geht es runter?"

„Hier gibt es keinen Keller. Das Gebäude ist auf den gewachsenen Felsen gebaut. Meint ihr, die Müller wollten permanent Wasser im Keller haben?"

„Klappe, Weib. Du da!" Er zog Marie auf die Beine.

„Zeig uns den Zugang." Marie tauschte einen Blick mit ihrer Mutter und der Tante, bevor sie artig zur Tür ging. Sie verließ das Haus und ging weg von der Walkwerkstatt mit seinen Walkwerken auf die andere Seite des Gebäudes, wo es eine kleine, halbhohe Tür gab.

Sie suchte an ihrem Schlüsselbund nach dem großen, altmodischen Schlüssel. Das Schloss klemmte und die Polizisten wurden ungeduldig.

Einer von ihnen stieß Marie beiseite und drehte den Schlüssel mit aller Kraft im Schloss. Es brauchte dann zwei Männer, die Tür aufzureißen. Inzwischen waren drei der fünf Polizisten hier und leuchteten mit ihren superhellen Stabtaschenlampen die enge, aus dem Felsen geschlagene Treppe hinunter. „Du gehst vor und zeigst uns das Schlupfloch des Höllenbiests." Marie schüttelte den Kopf. Da bekamen sie keine zehn Pferde runter.

„Niemals. Da unten gibt es Spinnen. Da gehe ich nicht runter." Ob es diese gab, wusste sie nicht, laut Cernuns Aussage führte die Treppe tief unter die Erde und galt als Zugang zum Reich einiger lokaler Dämonen.

Ob man die Höhlen je als Kellerersatz genutzt hatte, wusste sie nicht. Nicht einmal Cernun war je dort unten gewesen und der kam aufgrund seiner halbnatterischen Lebensweise an viele Orte, von denen Marie nicht einmal träumte. Egal, ob Albtraum oder nicht.

„Was starrst du hier Löcher in die Luft. Führ uns endlich zu der Bestie."

„Was wollt ihr eigentlich mit einer Bestie? Und was soll das sein?" Marie wurde unsanft die Treppe hinuntergestoßen.

„Verkauf uns nicht für dumm. Der Drache, was sonst?" Sie fing sich und lehnte sich gegen die grob behauene Felswand.

„Und woher soll ich bitte hier einen Drachen haben?"

Der Anführer der falschen Polizisten, denn echte konnten es ja wohl nicht sein, beugte sich sehr nah an Marie.

„Verarsch mich nicht, Püppchen. Wo ist der Drache?"
Marie zeigte in die Dunkelheit.

„Vielleicht dort unten, vielleicht aber auch nicht. Da ich keinen Drachen habe, dürft ihr gern nachsehen."

„Jetzt habe ich die Schnauze voll. Du bringst mir jetzt das Vieh oder wir machen Ernst. Dann bleibt hier kein Stein mehr auf dem anderen."

„Sagen wir mal, ich hätte einen lebendigen Drachen. Warum wärt ihr hinter diesem her? Gäbe es, wenn es denn Drachen gäbe, denn keine anderen Drachen, die ihr euch zulegen wölltet? Einen, den man einfacher bekäme, als bei mir? Und wer würde schon mir einen Drachen anvertrauen. Habt ihr mal darüber nachgedacht?"

„Wir haben ihn!"

Der Ruf von draußen ließ Marie genauso zusammenzucken, wie die Männer triumphierend lachten.

„Na also. Jetzt läuft alles nach Plan. Das Gold ist unser." Die Männer wandten sich um und stiegen die Treppe zurück ans Licht, wo sie die Tür zudrückten, noch bevor Marie auch nur die Hälfte der Strecke zurückgelegt hatte.

Fast stofflich dichte Dunkelheit umgab sie augenblicklich. Aus der Ferne hörte sie das Triumphgeschrei der falschen Polizisten und einen Schrei, der ihr das Herz zerriss. Fafnirettas Ruf klang für Marie wie ein Abschiedsruf aus diesem Dasein.

Tränen rannen ihr über die Wangen, während sie sich an der rauen Wand entlang nach oben tastete.

Die Tür, die aus ungeschliffenen, dicken Eichenbrettern gefertigt war, ließ sich nicht bewegen.

Was aber auch kein Wunder war, hatte Marie doch mit schmerzerfülltem Herzen gehört, wie der große Schlüssel im Schloss gedreht worden war. Obwohl die Geräusche draußen verklangen, hieb Marie mit beiden Fäusten gegen die Tür und schrie sich die Seele aus dem Leib. Aber ihr Rufen blieb unbeantwortet.

Marie wusste nicht, wie lange sie mit dem Rücken an die Tür gelehnt, auf dem kalten Steinboden gesessen hatte. Ihr war fürchterlich kalt und die Sorge um alle die, die zur Zeit des Überfalls im Haus gewesen waren, machte sie fertig. Es war viel zu ruhig da draußen, als dass irgendjemand hätte da sein und eventuell nach ihr suchen können. Sie zitterte und hatte zunehmend das Gefühl, keine Luft zu bekommen.

Am Schlimmsten war die Ungewissheit, ob sie erst ein paar Stunden oder schon Tage hier unten festsaß. Vielleicht sollte sie doch den Weg nach unten antreten und nach einem anderen Ausgang suchen, denn hin und wieder hatte sie das Gefühl, dass ein Luftzug durch den Gang wehte.

Aber in der vollkommenen Dunkelheit wagte sie es nicht, zu gehen. Und außerdem fürchtete sie es zu verpassen, falls doch jemand auf die Idee kam, hier nach ihr zu suchen.

„Marie? Bist du da drinnen?" Die Stimme klang wie der feinste Gesang in Maries Ohren. Sie richtete sich auf.

„Ja, hier bin ich." Ihre eigene Stimme klang eher nach einem Krächzen und daher war sie unsicher, ob er sie überhaupt gehört hatte.

„Wir holen dich da raus. Es dauert nicht mehr lange, Süße."
Niemals hatte sie sich mehr über Apolls kantige Aussprache
gefreut, als in diesem Moment.

Und dann knirschte das Schloss. In Maries Ohren kratzte
der Schlüssel ewig im Schloss, bevor die Tür mit Schwung
aufgerissen wurde. Sie purzelte Apoll förmlich vor die Füße.

„Zeus sei Dank, wir haben dich wieder." Er riss sie in seine
Arme und presste sie an sich, als habe er den größten Schatz
von allen gefunden.

„Ist mit dir alles in Ordnung? Brauchst du was?"

Marie stemmte die Hände gegen seine Brust, was aber
keinen Effekt auf ihn hatte. Dann begriff er und ließ locker.
Marie atmete die frische, kalte Winterluft ein.

„Durst. Ich habe Durst. Und wo ist Fafni? Was ist mit
meiner Mutter und Tante Lilly?" Apoll trug sie zum Haus.

„Durst. Zu Trinken braucht sie. Ich brauche Wasser oder
Tee." Er schien mit sich zu sprechen, was Marie irgendwie
amüsierte. Über seiner aristokratischen Nase hatte sich eine
steile Falte gebildet, so sehr konzentrierte er sich auf die
doch eigentlich einfache Aufgabe, Marie ins Warme zu
bringen und ihr etwas zu trinken anzubieten.

In mehrere Decken gewickelt und mit einem Becher frisch
gebrühtem Tee in den zittrigen Händen sah sie sich in ihrer
Küche um.

Es herrschte ein heilloses Chaos vor. Alle Schubladen
waren herausgerissen worden, die Schränke hatte man
ausgeräumt und Fafnis Steinnest war zerstört worden.
Maries panischer Blick fiel oben zu dem Regalbrett, auf dem
sie Angeliki verborgen hatte.

„Die Fee. Wo ist Angeliki? Haben sie die etwa auch mitgenommen?" Apoll rieb sich das Gesicht.

„Sie wollten es. Aber die Kleine hat so sehr geschrien, dass sie sie nach einigen Kilometern aus dem Autofenster geworfen haben. Sie hat es allein geschafft, sich in einen Strauch zu retten, den eine Dryade bewohnt. Der Baumgeist hat sie zu Syringa gebracht, wo sie derzeit im Feenzimmer bei den Blütenfeen als Notfallaufnahme lebt und weint."

Marie versuchte, die Decken von sich zu schieben. Sie musste zumindest Angeliki retten. Oder diese zumindest sehen. Apoll nahm ihre Hände in die seinen und hockte sich vor sie.

„Du nimmst jetzt gleich ein Bad und ich rufe Syringa an. Sie wird dir dein Feechen so schnell es geht bringen. Es wird der Kleinen guttun, zumindest dich wieder zu haben. Wenn Angeliki dann bei uns ist, reden wir. Du hast bestimmt jede Menge Fragen." Jetzt, wo er das sagte, ja, die hatte sie. Vor lauter Erschöpfung und Erleichterung, aus dem dunklen Gang entkommen zu sein, hatte sie noch gar nicht nachgedacht.

Und Fafniretta musste auch noch gerettet werden. Aber Apoll hatte recht.

Die Aussicht auf ein warmes, duftendes Bad erschien ihr wie der Himmel auf Erden.

„Marie? Schläfst du?" Marie öffnete die Augen.

„Beinahe. Aber ich komme jetzt raus hier. Ist Syringa schon da?" Sie richtete sich auf und griff nach dem bereitliegenden, angewärmten Badetuch.

Sie grinste, als sie erkannte, dass sich Apoll hinter der Tür verbarg, um ihr ihre Privatsphäre zu lassen.

„Sie dürfte gleich da sein." Marie schlüpfte in die letzten halbwegs sauberen Sachen, die sie vom Boden ihres Schlafzimmers gesammelt hatte. Auch dort hatten die Entführer wie die Vandalen gehaust. Sogar ihre Unterwäsche hatten sie auf der Suche nach Fafniretta durchwühlt.

Sie hörte, wie unten die Haustür geöffnet wurde. Im selben Moment erklang das leise Wimmern der völlig entkräfteten Angeliki.

Marie schob sich an Apoll vorbei und band im Laufen die Haare mit einem Gummiband zurück. Sie umarmte Syringa kurz und griff nach der Puppentrage, in der Angeliki angeschnallt lag.

Sie befreite die Fee und legte sich das Häufchen Elend in die Armbeuge. Angeliki war völlig abgemagert. Die Flügelchen waren ihr abgefallen und die seidenfeinen Haare standen ihr steif von Schmutz vom Kopf ab. Zumindest war sie in fröhlich bunte, frisch duftende Kleidung gesteckt worden.

„Sie hat keinen an sich herangelassen. Es hat eine geschlagene Stunde gedauert, ihr etwas gegen die Kälte anzuziehen. Die Feen hoffen, dass du es schaffst, ihr etwas zu essen oder zu trinken einzuflößen. Sie schicken dir auch Blütenpollen und griechischen Honig."

Angeliki kuschelte sich prompt fest an Marie.

„Scht mein Schatz. Ich bin ja hier. Alles wird gut. Jetzt trinkst du gleich ein leckeres Fläschchen Milch mit Blütensaft und dann sieht die Welt schon ganz anders aus."

85

Und wahrlich akzeptierte Angeliki das angebotene Fläschchen. Marie hatte die verdünnte Säuglingsmilch mit ein wenig Honig und aufgelösten Blütenpollen versetzt und die Kleine trank gierig, bis die Flasche leer war. Fast sofort im Anschluss schlief sie ein. Marie wagte es nicht, Angeliki abzulegen uns so wiegte sie die Fee in der Hand, als sie Apoll mit einem Blick aufforderte, endlich zu reden.

„Bevor er dir alles berichtet, was geschehen ist, nur ein Wort. Wir sind unheimlich froh, dass Apoll dich gefunden hat. Deine Familie ist völlig verzweifelt und deine Mutter hat sogar ihrer Schwester die Freundschaft aufgekündigt. Sie wissen allerdings Bescheid, dass es dir gut geht. Ihr habt nur drei Stunden Zeit, bevor sie hier alle auftauchen, um zu sehen, dass du wirklich wieder da bist. Mehr Zeit konnte ich nicht herausschlagen. Also, eilt euch. Ich muss zurück, die Aktion hat uns alle ins Chaos gestürzt. Ausgerechnet vor der Thomasnacht, wo die Schleier zwischen den Welten sowieso dünner sind." Syringa verlies das Haus, stieg in ihren Kleinwagen und verschwand.

„Es ist Thomasnacht? Wie lange zum Kuckuck war ich da unten?" Marie war völlig entgeistert, dass sie vier lange Tage und Nächte im Untergrund verbracht hatte. Wenn heute der 21. Dezember war, war in drei Tagen Weihnachten.

„Niemand hat hier nach dir gesucht, Liebes. Wir haben bis gestern gedacht, sie hätten auch dich mitgenommen. Deshalb ist auch niemand weiter in der Mühle. Erst, als Conrads Leute einen von denen erwischt haben, hat sich im Verhör gezeigt, dass sie dich hier irgendwo eingesperrt haben. Ich bin sofort zurück. Einen Teil des Chaos' hier," er

86

deutete im Haus herum, „hast du mir zu verdanken." Marie lächelte ihm zu.

„Diese Tür an der Seite habe ich durch Zufall entdeckt, weil Fafniretta so gern auf dem Felsblock daneben liegt." Marie kamen die Tränen, als sie an ihren Sorgendrachen dachte. Sie versuchte, sie runterzuschlucken, aber es war zu spät. Schluchzend holte sie Luft.

„Cernun hat mir erzählt, dass man vermutet, dass es sich um einen Zugang zu einem Dämonenreich handelt. Was auch immer das bedeutet." Um den Wahrheitsgehalt solcher Aussagen zu prüfen, war sie zu magiefremd aufgewachsen. Marie musste sich erst noch an viele Dinge gewöhnen, die in ihrer neuen Gesellschaft normal erschienen.

„Aber das sollte jetzt egal sein. Was ist passiert, nachdem sie mich eingesperrt haben? Was ist mit Fafniretta? Geht es ihr und allen anderen gut?" Apoll goss ihnen beiden einen frischen Becher duftenden Tees ein.

„Die Frage ist nicht mit einem Satz zu beantworten. Wie es Fafniretta geht, kann ich dir noch nicht sagen. Die Männer Conrads, Cernun und drei Götter meiner Verwandtschaft suchen noch nach ihm. Es kann allerdings nur noch einige Stunden dauern, da sie eine Vermutung haben, wo sie warten müssen, um Entführer, Drahtzieher und den Drachen zu finden." Marie sprang auf, worauf Angeliki empört im Schlaf schnaufte.

„Ich muss dort hin. Bring mich sofort zu der Stelle." Apoll drückte sie zurück auf den Stuhl.

„Du bist am Ende deiner Kräfte und musst dich erholen. Du wärst nur eine Gefahr für die Aktion. Wenn sie auch dich

noch schützen müssten, könnte Fafniretta verloren sein."
Vermutlich hatte er recht, aber Marie ließ sich nur
widerwillig darauf ein, hier in der Mühle zu warten.

„Gut. Aber du musst mir alles erzählen. Und wage es nicht,
etwas zu verschweigen." Apoll nickte.

„Nichts anderes hatte ich vor. Was weißt du über Fafnir?"
Marie überlegte. „Das kommt darauf an. Meinst du den Sohn
des Zwergenkönigs Hreidmar, der sich zum
schatzbewachenden Lindwurm wandelte oder den Fafner
aus dem „Niebelungenring" von Richard Wagner?"

„Ein bisschen von beiden. Aber im Augenblick ist nur
wichtig, dass der Drache auf riesigen, verfluchten Schätzen
hockte und diese mit seinem Leben verteidigte. Sigurd oder
Siegfried, der viel besungene Held, tötete ihn und versuchte
das Gold zu erlangen. Weniger bekannt ist, dass Fafnir auch
als der stärkste Schatzfinder galt. Er soll das Gold in seiner
Höhle stetig gemehrt haben. Also, mehr, als es anderen
Draconiden möglich ist. Und genau das ist das Unglück aller
seiner Erben. Man sagt, sie hätten die Gabe ihres Ahnen
geerbt." Marie runzelte die Stirn und nahm einen Schluck
des köstlichen Kräutertees.

„Ich dachte, alle Drachen sammeln und hüten mit Vorliebe
Gold und edle Steine?"

„Da hast du nicht unrecht, aber kein anderer Stamm hat
solch feines Gespür für alles von Wert. Ein Erbe Fafnirs
findet jeden noch o tief vergrabenen Schatz, man sagt, dass
sie sogar unter Wasser alles finden, was glänzt." Marie kam
ein Gedanke.

„Ist Fafniretta deshalb ein so guter Fischer? Wegen der schillernden Fischschuppen?" Apoll zuckte mit den Schultern.

„Das kann schon sein. Aber ich würde mich nicht darauf verlassen. Fakt ist allerdings, dass unter Fafnirs Nachfahren ausschließlich besonders mächtige Drachenwesen waren, die gewaltige Reichtümer horteten. Und genau diese Fähigkeit, noch mehr zu finden als alle anderen, hat schon immer die Begehrlichkeiten der Gierigen erweckt. In diesem Fall handelt es sich um eine in Italien ansässige Organisation aus Magiern und sogenannten gefallenen Musen, die ähnlich wie die sizilianische Mafia agieren. Wir haben schon länger den Verdacht, dass von denen jemand ins Netzwerk eingeschleust wurde, dass die Aufzuchtstation auf Nissiros organisiert. Und als Margarethe dann einem Welpen, der eigentlich als nicht überlebensfähig galt, eine außergewöhnliche Behandlung zusagte, die auf den großen Wert des Tieres hindeutete, müssen sie hellhörig geworden sein. Dass du den Welpen dann auch noch als Erben des Fafnir auswiest, machte es für die Organisation dann endgültig. Dieses Wesen musste ihnen gehören."

„Also bin ich schuld daran, dass sie Fafniretta entführt haben?"

„Indem du ihr ihren Namen gabst? Nein. Ich war ja dabei, als du ihn zum ersten Mal laut ausgesprochen hast. Hätte ich auch nur einen Hauch von Verdacht gehabt, hätte ich dich daran gehindert. Keiner von uns hat daran gedacht, dass man uns so beobachtet. Es gab einen Verdacht, ja, aber dass sie so tief in der Drachenaufzucht stecken, um davon zu hören,

hat niemand vermutet. Aber ich wollte dir ja eigentlich erklären, wozu sie Fafniretta entführt haben. Wenn es nicht so ernst wäre, könnte man lachen. Eine der gefallenen Musen, Orania Aura, heute als Historikerin mit einem Hang zur nordischen Mythologie bekannt, ist der Überzeugung, dass man mit der Hilfe deines zahnkranken Welpen den im Rhein verborgenen Schatz der Nibelungen finden und bergen könne. Sie ist der Überzeugung, den auch als Fafnirshort bekannten Schatz in den Armen Gevatter Rheins zu finden. Und dafür eignet sich nichts besser, als die, die als Erbe des Hortes anzusehen ist."

„Dann wird sie also nie in Sicherheit sein?" Apoll atmete tief ein und ließ die Luft langsam entweichen.

„Das ist eine gute Frage. Wir denken, dass es möglich ist, sie ungestört aufwachsen zu lassen, wenn wir jetzt Stärke beweisen. Du hast es ihnen erstaunlich schwer gemacht, an Fafniretta heranzukommen, indem du so ein enges Verhältnis zu ihr aufgebaut hast. Was ihnen allerdings fehlt ist die Information, dass der Drache sich an eine schnöde, verkrüppelte Blütenfee geprägt hat. Solange niemand auf die Idee kommt, Angeliki als Druckmittel zu nutzen, dürfte es relativ sicher sein, dass Oraina Aura ohne greifbare Ergebnisse weiterforschen muss. Im Augenblick ist Zeus dabei, die Schwachstelle im Drachenaufzuchtnetzwerk zu finden. Solange er keinen Erfolg hat, bleibe ich in der Nähe. Wenn du mich ertragen kannst, auch gern hier."

Marie musterte Apoll, der sie mit bettelnder Miene anschaute.

Der mächtige Gott der Weissagung und, unter anderem des Flirtens, wirkte gerade wie ein Welpe, der auf einen Liebesbeweis wartete. Marie war gerührt. Sie, für die sich nicht mal ein einziger Schulkamerad interessiert und die auch sonst nicht viele Erfahrungen mit Männern aufweisen konnte, wurde gerade von einem mehr als erfahrenen Gott um Obdach gebeten.

Sie nahm seine Hand.

„Apoll, du bist mir immer willkommen, wenn du willst. Meine Tür steht dir immer offen. Aber ich bitte dich um eine einzige Sache." Er nickte ihr mit großen Welpenaugen zu.

„Ich weiß genau, wofür Apoll in den griechischen Sagen steht. Mein Herz ist unerfahren und ich möchte, dass du es nicht nur aus Spaß am Flirt brichst."

„Ich könnte dein Herz brechen?" Nun lächelnd strich Apoll ihr über die Wange.

„Das ist mehr, als ich zu hoffen gewagt habe. Dieses Versprechen gebe ich nur zu gern. Immerhin bin ich auch der Gott der sittlichen Reinheit. Aber eine Garantie, dass zwischen uns etwas wächst, dass für immer hält, kann ich dir trotzdem nicht geben. Das kann niemand." Marie liefen schon wieder Tränen über die Wangen. Die dummen Dinger mussten doch bald mal alle sein. Unwirsch strich sie sich übers Gesicht.

„So dumm bin nicht mal ich, dass ich das glauben würde. Aber ich möchte es gern probieren. Ich mag dich nämlich sehr. Als Freund oder vielleicht auch mehr. Aber das muss die Zeit zeigen. Gibst du mir die?"

Verlegen senkte sie den Blick, während Apoll sie vom Stuhl hochzog und sich mit ihr zusammen auf das Sofa in der benachbarten Wohnstube setzte. Er nahm sie in die Arme und Marie beschloss, dass ein Themenwechsel angezeigt war. Sie traute sich noch nicht, sich tiefer mit ihren leise aufkeimenden Gefühlen auseinanderzusetzen.

„Warum ist der Thomastag oder die Thomasnacht so entscheidend für Fafnis Entführer? Du hast da vorhin so etwas erwähnt." Apoll seufzte.

„Ich hoffe, ich bekomme das jetzt richtig hin. Diese nordischen Regeln sind oft so unglaublich verwirrend für mich. Zu diesen sogenannten Raunächten, an denen auch die wilde Jagd unterwegs ist, verschwimmt die Grenze zwischen den Welten. Die Magie erstarkt und wandelt ungehindert auf der Oberfläche. So sagt man. Und glaube mir, ich habe es schon gesehen. Cernun hat mich mal zu einem Kegelturnier eingeladen, dass einige Dämonen hier in der Gegend jährlich zur Thomasnacht austragen. Aber das magst du jetzt ja nicht wissen. Ist auch besser so. Die kegeln nämlich mit ihren Köpfen." Marie schüttelte sich.

„Diesen dünnen Schleier nutzt man seit Urzeiten, um alles das zu finden, dass die Normwelt so unter ihrer Oberfläche birgt."

„So wie den Drachenhort des Fafnir? Aber ist es nicht der Rhein, dessen Wasser ihn angeblich bedecken? Die verschwinden doch auch nicht in einer vorchristlich magischen Nacht?" Apoll kicherte.

„Nein, das Wasser bleibt, wo es ist. Aber magisch geschützte Plätze strahlen dann beinahe hell, wenn die

Decke der Sagenwelt gelüftet wird. Und wenn man dann auch noch einen sogenannten Magiespürer hat, dann ist es eben einfacher. Und der Schatz ist mit Sicherheit magisch geschützt, birgt er doch angeblich nicht nur Gold und Edelsteine, sondern auch echte Macht. Wie die genau aussieht, weiß niemand mehr. Aber genau diese Macht dürfte das wahre Ziel der Orania sein." Marie versuchte es einmal und legte den Kopf gegen Apolls breite Brust.

„Ich bitte alle guten Geister darum, dass es nicht gelingt."

„Wir alle tun es." Marie schloss die Augen.

„Wir brauchen einen Weihnachtsbaum. Hat man in eurer Gesellschaft eigentlich Weihnachtsbäume? Egal. Wenn Fafni wieder da ist, feiern wir Weihnachten. Oder eben die wiederkehrende Sonne. Such es dir aus, das Ergebnis ist das Gleiche." Marie spürte, wie sie in den Schlaf glitt.

*****

„**W**erde wach, kleine Schlafmütze. Sie kommen." Marie schreckte aus einem wirren Traum hoch. Gerade eben hatte sie mit einem kleinen Bergtroll ausdiskutiert, dass er nicht einfach die Schule schwänzen könne. Und zwar auf Altgriechisch. Sie schüttelte den Kopf.

Draußen wurde es bereits dunkel. Nur noch Reste fahlen Dämmerlichts drangen durch die Fenster, deren Vorhänge zurückgezogen worden waren. Apoll stand ebendort und musterte den Himmel. Marie schob die Decke, mit der er sie offenbar zugedeckt hatte beiseite und trat zu ihm.

Mehrere nachtschwarze Schatten senkten sich, über die Baumwipfel kommend, auf die Wiese gegenüber der Mühle herab. Erst, als sie gelandet waren, erkannte Marie die Streitwagen, die von verschiedenfarbigen Pegasi gezogen wurden. Da waren Apolls schwarze Tiere, ein schneeweißer Wagen mit ebenso reinweißen Schimmeln und einer mit rassigen Araberpegasi.

Apoll führte Marie aus dem Haus und zu den Streitwagen. Eine Frau, die ihm auf verblüffende Weise glich, strahlte Marie an.

„Darf ich dir meine Zwillingsschwester vorstellen? Die Göttin der Jagd und Hüterin der Frauen und Kinder. Das ist

Artemis." Voller Stolz schob Apoll Marie zu ihr. Artemis schmunzelte.

„Danke für die Vorstellung, Brüderchen." Sie neigte sich zu Marie.

„Er glaubt bis heute, dass er mich beschützen muss, der Narr. Aber auch dafür liebe ich ihn."

„Wieso behältst du Marie für dich? Jetzt bin ich dran, sie endlich persönlich kennen zu lernen!"

„Hermes, jetzt hab dich nicht so. Benimm dich einmal nicht, als hätte dich ein Esel im Galopp verloren." Aphrodite zwinkerte Marie zu und schob sie zu Hermes. Dieser umarmte Marie fest und legte ihr eine Hand auf den Hintern. Blitzschnell wurde sie fortgezogen und fand sich hinter Apolls Rücken wieder. Als sie an ihm vorbeischaute, standen die Götter sich mit blitzenden Augen gegenüber. Sie seufzte und trat zwischen sie.

„Apoll, ich bitte dich. Und du, Hermes, lass dir eines sagen. Findet noch einmal eine deiner Hände oder sonstiger göttlicher Körperteile den Weg an meinen Hintern oder sonst wohin, dann schwöre ich bei allem, was mir heilig ist, wirst du die längste Zeit ein Gott gewesen sein!" Lautes Lachen löste die Spannung der Gruppe auf. Der letzte der Götter, der, der den Streitwagen Apolls gelenkt hatte, trat zwischen sie.

„Du bist eine Frau ganz nach meinem Geschmack. Margarethe hat recht daran getan, gerade dir die Welpen anzuvertrauen. Ich bin Hephaistos." Marie nahm seine Hand, die einen warmen, festen Griff hatte. Außerdem war

95

Hephaisos' Handfläche schwielig, als wenn er gern und viel körperlich arbeitete.

„Diese Clowns sind leider alle meine Halbgeschwister. Nimm sie nur nicht zu ernst." Die Clowns beschwerten sich auch augenblicklich lautstark bei ihrem Bruder über die Behandlung, die sie, ihrer Meinung nach, nicht verdient hatten. Ein weiterer Schatten erschien auf der Wiese und stürzte sich laut kreischend auf Marie. Nun ihrerseits lachend hob sie den Arm und ließ Fafniretta darauf landen. Ihr Drachenmädchen presste sich sofort an ihren Kopf und schlang sogar die Flügel darum. Marie kämpfte einige Minuten, um sich von der überschwänglichen Begrüßung durch Fafni zu befreien.

„Ich habe dich auch so sehr vermisst, meine Kleine."

W ährend sich Marie mit Fafni beschäftigte, den Drachen fütterte und ihr die Zähne reinigte, Angeliki zu ihr brachte und mit beiden kuschelte, räumten die Götter auf ihre Art auf. So ein olympischer Gott im Haus war schon praktisch. Und wenn frau gleich vier davon in der Bude hatte, war die Arbeit schnell getan.

Auf eine sehr gewöhnungsbedürftige Art, aber sie war erledigt. Artemis als Beschützerin der Frauen sorgte für Gemütlichkeit, Hermes, der neben seinem Job als Götterbote auch für den Kunsthandel ein Experte war, hängte Bilder auf und drapierte Maries kleine Kunstschätze perfekt im Haus. Hephaistos, der bei Marie in der Küche geblieben war, diese magisch herrichtete und sich besonders um Fafnis Nest kümmerte, verriet ihr, dass er der Oberboss des Aufzuchtprogramms war. Was auch logisch schien, war er doch der Gott des Schmiedefeuers und der Vulkane. Nissiros war außerdem seit der Antike sein Wochenendwohnsitz. Marie war nur auf Apoll getroffen, weil der seinen Bruder besucht hatte.

Als sich endlich alle in der Küche versammelten, strahlte die alte Mühle eindeutig ein mediterranes Flair aus. Sogar ein kleiner, silberblättriger Olivenbaum stand im Fensterbrett

und blühender Bergsalbei duftete in einem türkisblauen Topf über dem Herd.

Aphrodite griff in das Kaminfeuer und zog einen großen, gusseisernen Topf aus dem Nirgendwo hinter den Flammen hervor, aus dem es verführerisch duftete. Während sich Fafni daran machte, die Kerzen am Adventskranz zu entzünden, deckte sich der Tisch von allein, Weingläser füllten sich mit Rotwein und Früchte erschienen auf einer silbernen Platte. Für den Drachen stand ein Teller mit rohem Fisch ebenso bereit wie ein winziges Schüsselchen mit Blütenpollen für Angeliki.

Nachdem alle den ersten Hunger gestillt hatten, wagte Marie es endlich zu fragen.

„Naja, es war nicht schwierig, nachdem Conrads Leute sie aufgespürt hatten. Der eine, den sie erwischt haben, faselte ja vom Fafnirshort im Rhein. Und da der einzige infrage kommende Ort bei Bonn in einer Flussschleife ist, haben wir uns auf die Lauer gelegt. Die Wallenburgs unten und wir haben den Luftraum überwacht. Bei einer Muse weiß man nie, wie sie zu erscheinen gedenkt, obwohl ja auch die italienischen magischen Wesensformen angehalten sind, sich unauffällig zu bewegen. Und sie kamen wirklich ganz klassisch mit Vans. Sie nutzten ganz schnöde drei Fahrzeuge, mit dem Aufdruck der Wasserwacht. Der Spaß begann, als sie jede Menge Tauchutensilien ausgeladen haben. Da hat Hermes sich eingemischt. Der Fuchs hat Orania eingeredet, dass er als Gott der Diebe zu ihrer Hilfe geeilt sei und das dumme Huhn hat ihm geglaubt." Hermes kicherte, als Hephaistos das Ding mit Fuchs und Huhn erwähnte. Marie

meinte sich zu erinnern, die Figur des schlauen Fuchses irgendwo im Zusammenhang mit dem Götterboten gelesen hatte. Oder auch nicht. Jedenfalls war es ein starkes Stück, der Muse das einzureden.

„Als aus dem dritten Van eine schwere, eiserne Kiste ausgeladen wurde, hat Hermes uns ein Zeichen gegeben und wir haben uns über dem Rhein platziert. Conrads Leute sind ebenfalls aufgerückt. Dann haben sie den Drachen an die Leine gelegt. So was habe ich echt noch nie gesehen. Ein sauberes Stück Magie war das. Das Ding ist wie so eine Hundeleine, wo man einen Knopf hat, um Pfiffi zurückzuholen. Nur eben mit Stahlseil und feuerfest. Ziemlich gemein so ein Ding. Jedenfalls sind die fast alle in Tauchausrüstung in den Fluss gestiegen und haben auf den letzten Sonnenstrahl gewartet. Als der Schleier dann am Dünnsten war, sind sie abgetaucht. Aber deine Fafniretta ist schon ein cleveres Mädchen. Sie ließ sich nicht bedeuten, unterzutauchen. Sie flog immer wieder über die Oberfläche, hat den Taucher am anderen Ende der Leine wohl jedes Mal mit hochgezogen. Conrads Leute haben in der Zwischenzeit die beiden verbliebenen Männer überwältigt und Artemis hat mir einen großen Bolzenschneider rüber geworfen. Wir haben Fafniretta losgeschnitten und sind abgezischt. Hermes war schon verschwunden und die wütend auftauchenden Schatzjäger haben dann die Wallenburgs wieder übernommen. Die haben auch Orania festgesetzt und dürften sie inzwischen mitsamt ihrer Entourage der Obrigkeit, sprich der magieorientierten Spezialeinheit der

Polizei, übergeben haben. Ebenso wurde das Amt für fantastische Lebensformen über den Vorfall informiert."

„Aber arbeitet Margarethe nicht für die? Die weiß doch eh Bescheid?" Hermes verdrehte die Augen.

„Aber es muss trotzdem alles seine Ordnung haben. Wo kämen wir denn sonst hin?"

Fafni rülpste und entzündete dabei aus Versehen die Spitze des langen Bartes Hephaistos'.

Dieser lachte aber nur, patschte kurz drauf und schüttelte den Kopf.

„Ein ganz schönes Früchtchen ist sie, deine Kleine. Aber auch wenn die erste Gefahr gebannt ist, wirst du immer ein Auge auf sie haben müssen. Sie birgt zu große Macht in sich. Fafnirs Erben sind nun einmal magiebegabter als andere Draconiden. Aber sie sind auch gutmütig und herzlich. Wie man ja an der Minifee dort sieht." Hephaistos deutete auf Angeliki, die inzwischen satt und selig im eingekringelten Schwanz Fafnirettas schlummerte.

*****

„I st der aber hübsch." Marie bewunderte die große, gleichmäßig gewachsene Fichte, die Apoll gerade in der guten Stube aufgestellt hatte. Die Götter hatten beschlossen, ein deutsches Weihnachten erleben zu wollen und taten alles dafür.

Marie hatte am Morgen die letzten Besorgungen erledigt und reichte Aphrodite eine Kiste mit hübschem, antikem Weihnachtsschmuck, die sie von ihren Eltern mitgebracht hatte. Heute, am Heiligen Abend würden sie hier zu fünft feiern. Auf einen Kirchgang verzichteten sie dabei und planten stattdessen eine Waldweihnacht zu zelebrieren. Die Götter übten seit zwei Tagen dafür deutsche Weihnachtslieder, was zugegebenermaßen wirklich lustig klang. Aber sie bemühten sich wirklich.

Draußen stiebte der in der Vornacht reichlich gefallene Schnee auf. Vor dem Fenster tobte allerdings kein Sturm, es waren nur ein überdrehter Drachenwelpe und eine winzig kleine Fee. Fafniretta fand das weiße Zeug toll. Sie brannte seit Stunden Spurten in den Schnee und wurde von Angelikis zauberhaftem Lachen immer wieder dazu angefeuert. Am Feiertag würden sie alle zu Maries Familie fahren, um ein veritables Weihnachtsmenü zu verputzen, aber für diesen Tag war in der Mühle nur eine göttlich-drachentastisch-

feenhafte Winterweihnachtsfeier geplant. Wobei Hephi den dafür geplanten Glühwein bereits zur Hälfte vernichtet hatte. Wie es aussah, würde es beim ehrwürdigen Hephaistos Deos demnächst ein Lager mit billigen Glühweinflaschen neben den edlen Rotweintropfen geben. Hermes war noch unterwegs, ihn hielten weihnachtliche Last-Minute-Lieferungen für die griechische Götterwelt auf Trab. Allerdings hatte auch Marie auf seinen Schnelldienst zurückgegriffen, denn vor lauter Entführungen, drachiger Zahnpflege und Feenwickelei hatte sie keine Zeit mehr gefunden, alle Geschenke zu besorgen. Jetzt ruhten viele kleine Dinge in einem Karton unter ihrem Bett. Auch Maries Schlafzimmer hatte sich verändert. Zwar schlief dort keiner der Götter, aber ein Drache samt Fee. Dafür gab es einen Steinhaufen, ähnlich dem Nest in der Küche. Aber die schönste Veränderung war Maries Beziehung zu Apoll. Wie ein Weihnachtsengel war er in ihr Leben geschneit und schien bleiben zu wollen. Sie waren sich bislang nicht körperlich nähergekommen, aber sie redeten. Und tobten mit den Sorgenwesen. Er wurde dafür gnadenlos von seinen Mitgöttern gehänselt. Allerdings hatte Marie die Vermutung, dass sie froh waren, Apoll glücklich zu sehen.

Aphrodite hatte ihr beim Plätzchenbacken verraten, dass er aufgrund seiner Art Schwierigkeiten hatte, sich auf ein anderes Wesen einzulassen. Er sah einfach zu viel voraus. Aber gerade diese Fähigkeit ließ Marie positiv gestimmt in die Zukunft blicken. Außerdem hatte sie einen neuen Job. Hephi hatte sie am Morgen gefragt, ob sie für das Aufzuchtprogramm arbeiten würde. Allerdings nicht

dauerhaft auf Nissiros oder als Hüterin des Amtes für fantastische Lebensformen, sie würde sich um Draconiden kümmern, die nicht ganz so waren, wie ihre Geschwister. Meistens beratend, aber sie kannte sich. Ihre hauseigene Menagerie würde wachsen.

Aber dafür war Zeit.

Jetzt war Weihnachten. Aphrodite zündete die Kerzen am Baum an, während Apoll Heu und Kastanien, Körner und Eicheln, sowie eine Portion Hackfleisch vor der Tür im Schnee ausbreitete. Als sie draußen in der sternenklaren Nacht das erste Weihnachtslied anstimmten, schmausten die Waldtiere zur fröhlich schiefen Musik, während Angeliki ihren allerersten Feenstaub in die Luft warf und glockenhell lachte. Fafniretta verspeiste zufrieden ihr Hackfleisch und versprühte Funkenschauer, die die Szene wie ein kleines Feuerwerk festlich illuminierten.

Die Welt konnte so schön sein. Man musste die Schönheit nur zulassen. Marie war angekommen.

Angekommen in einem zauberhaften Dasein. Einem Leben, dass Aufregung, Liebe und neue Freunde versprach.

* * * * *

Ich wünsche allen meinen Lesern ein besinnliches Weihnachten!

Dieses Büchlein ist ein wenig anders. Und das verdanken wir Andrea, die mich nach einer Zahnzusatzversicherung für Draconiden fragte. Einer solchen Steilvorlage konnte ich noch nie verstehen. Und wenn frau dann gerade unter der griechischen Sonne schreibt, dann kommt eben so etwas dabei heraus.

Sollte ich euch Appetit auf mehr gemacht haben, findet ihr auf den nächsten Seiten ein winziges Stückchen aus meinem derzeitigen Lieblingsroman. Auch drachentastisch und zeitgemäß.

Eure

Margarethe Alb

Margarethe Alb

Amt für fantastische Lebensformen
Thüringen

spiritus draconis 1

MEPHISTOS WELT

Was Euch erwartet...

Zafida, genannt Ida, Wallenburg programmiert Lösungen, die es Hackern schwer machen sollen, auf Webseiten und in Prozesse einzugreifen. Zahlen waren schon immer ihr Ding. Die Arbeit gibt ihr die Ruhe und Befriedigung, die sie im echten Leben so häufig nicht findet. Als Mitglied einer großen Familie steht sie außerdem immer auf Abruf, wenn Not am Mann ist. Und manchmal kommt so ein Fall wieder mal schneller als gedacht. Eigenartige Dinge spielen sich ab, die sich zu einer Katastrophe auszuwachsen drohen. Da ist eine alte Sage um ein Kind, dass Eidechsen spuckt, während die heutigen, real existierenden Echsen draußen in der Natur plötzlich von einer seltsamen Seuche befallen werden. Es gilt, nach Zusammenhängen zu suchen. Als wäre das nicht schon knifflig genug, scheint der Erreger inzwischen auch den Wirt zu wechseln und gefährdet Freunde. Als dann auch noch ein Fall von groß angelegtem Medikamentendiebstahl in ihren Ermittlungsbereich fällt und Ida ein Haustier mit ledrigen Flügeln zufliegt, kommt sie schnell in Bedrängnis.

Wenn ihr doch nur einer der Ärzte, die bei den Ermittlungen helfen, nicht zu nah kommen würde, dann wäre das alles ja zu meistern. Wenn.

Aber Maximilian Jäger übt eine ungeahnte Faszination auf Ida aus. Bloß, kann sie es wagen, den Arzt in ihre Welt aus nicht normgerechten Wesen, Drachen und übernatürlichen Vorfällen hineinzuziehen?

Nachwort des Vorworts

M it der Veröffentlichung dieses Buches ergibt sich für mich ein Problem. Wie erkläre ich Euch, meinen leiben Lesern, dass ich mit dieser Geschichte bereits begonnen habe, bevor es ein gewisses fieses Virus überhaupt in das Bewusstsein der Gesellschaft geschafft hatte? Ausgangspunkt des Geschehens um Ida ist in diesem Fall wirklich ein Eintrag in einer Chronik, die meinen Heimatort betrifft. Im Anhang findet ihr den genauen Wortlaut desselben.

Aber egal, wie sich etwas hier zeitlich überschnitten hat, ich wünsche jedem einzelnen von Euch viel Vergnügen und spannende Stunden mit meinem neuen Lieblingswesen. Ich hebe den Kelch auf Mephisto!

1

F rau Wallenburg, es wäre wirklich schön, wenn Sie endlich mal zu Potte kommen würden!"
Immer langsam mit den jungen Pferden. Der tat ja gerade so als wäre sie ein Dschinn aus der Flasche. Und obwohl es da die ein oder andere Ähnlichkeit gab, konnte Ida nun wahrlich nicht mit einer Maus zaubern. Außerdem konnte der alte Griesgram ruhig einmal ein Minütchen warten. Sie tippte seelenruhig einen letzten Satz in ihre Tastatur und speicherte das aktuelle Dokument. Dann rief sie die gewünschte Datei auf und drehte den Bildschirm so, dass ihr Chef freien Blick auf die Programmierzeilen hatte, die in atemberaubender Geschwindigkeit über den Bildschirm rasten. Dieser zog seine Lesebrille aus der Hemdtasche und trat näher. Ida konnte seinen warmen Atem im Genick spüren, als er den wechselnden Zeichen zu folgen versuchte. Innerlich verdrehte sie die Augen. Als ob der ihrem Werk auch nur im Ansatz folgen könnte.

Aber Ida hatte, wie alle anderen hier, lernen müssen, Professor Heinrichs niemals zu unterschätzen.

Daher stoppte sie den Durchlauf an einer ganz bestimmten Stelle und deutete auf einen langen Code.

„Die Zeile dürfte das Problem beheben. Das speziell angepasste Virus befindet sich in einem simplen Eingabebefehl verborgen, der beim nächsten Update ins Firmennetzwerk überspielt wird. Mit dem ersten Drücken der Entertaste wird es danach augenblicklich aktiviert und installiert sich selbsttätig auf allen Rechnern des Unternehmens. So müssten sie den Maulwurf im Handumdrehen enttarnen."

„Gut, sichern Sie alles und machen Feierabend. Denken Sie daran, dass am Freitag das monatliche Treffen mit dem Rektor ist. Außerdem habe ich hier eine Einladung für Sie. Sie sind als Beraterin der eSport Liga der Universität zum Bundeswettkampf nächsten Monat eingeladen." Das klang eher nach ihrem Geschmack als das langweilige Abendessen in der Cafeteria mit den ganzen ach so wichtigen Leuten der Uni. Das Treffen beschloss sie zu schwänzen. Den Zockerwettbewerb natürlich nicht. Den würde sie sich niemals durch die Lappen gehen lassen. Ida griff nach dem Umschlag und zog eine auf edles Büttenpapier gedruckte Karte heraus.

„Das ist nicht deren Ernst oder? Eine Einladung zum eSport auf Papier mit Wasserzeichen?" Ida unterdrückte ein

Kichern aber umsonst. Es wuchs sich zu einem ausgemachten Lachkrampf aus.

Auch Roland Heinrichs, ihr gestrenger Chef, presste die Lippen sehr verkrampft zusammen. Im Unterschied zu Ida gelang es ihm dennoch zumindest äußerlich, eine ernste Miene zu wahren.

Immer noch kichernd, aber mit einem ausgewachsenen Schluckauf im Gepäck, verließ Ida einige Minuten später das Universitätsgebäude. Mit den Zähnen den Umschlag haltend, tastete sie in ihrer alten Messengerbag, die am Riemen quer über ihren Oberkörper hing, nach dem Schlüssel.

So ein verflixtes Ding. Musste das blöde Teil denn jedes Mal bis ganz nach unten rutschen? Sie kramte zwischen den Papieren umher, bis der gesamte Bodensatz der Tasche aufgewühlt war. Immer dann, wenn Ida glaubte, den Schlüssel erwischt zu haben, flutschte dieser noch tiefer ins Chaos.

Und dann passierte es. Noch nie in ihrem ganzen Leben, und das währte schon länger als gedacht, war sie auf diese Art und Weise auf ihrem Hinterteil gelandet. Überhaupt war sie noch nie gegen eine Mauer gelaufen. Ihre Instinkte waren eigentlich scharf genug ausgebildet, um so etwas zuverlässig zu verhindern.

Gut, etwas Positives war der Situation abzugewinnen. Der Schlüssel lag jetzt direkt vor ihrer Nase auf dem Pflaster.

Allerdings umgeben vom Inhalt ihrer Tasche. Einerseits war das ja ganz gut, immerhin hatten sich auch Staub und Krümel gnädigerweise nach draußen begeben, aber andererseits stand sie kurz davor, vor allen Leuten in die Luft zu gehen.

Und das war in Ihrem Fall wörtlich zu verstehen. Wie hatte es nur geschehen können, dass sie, Ida Wallenburg, auf ihren Hintern gefallen war? Mannomann. Offenbar ging es mit ihr steil bergab. Schnaubend erhob sie sich auf die Knie und sammelte ihren Krempel ein. Dann griff sie an etwas, dass da überhaupt nicht hingehörte. Schuhe. Eher gesagt, so richtig gut gearbeitete Motorradstiefel. Sowas erkannte sie im Schlaf. Ida hob den Kopf. Vor ihren Augen ragten zwei Beine in einer schwarzen, schmal geschnittenen Lederhose auf. Mit eben jenen festen Stiefeln an den Füßen. Sie ließ den Blick langsam weiter nach oben wandern.

Aber Hallo.

Da war sie doch glatt in ein echtes Schnuckelchen hineingerannt. Nicht, dass sie das auszunutzen plante, aber man durfte ja wohl mal schauen und den erquicklichen Anblick für einen Augenblick genießen.

„Sorry, schöne Frau." Seine tiefe, leicht raue Stimme war in ihren Ohren auch nicht zu verachten. Der muskelbepackte Hüne reichte ihr seine Pranke und half ihr zuvorkommend auf. Ida schmunzelte, während sie ihr schmerzendes

Hinterteil rieb. So sehr sie die moderne Gesellschaft mit den eher lockeren Umgangsformen schätzte, so sehr genoss sie es doch, wenn ein Kavalier sich auch als solcher benahm. Oder so ähnlich zumindest.

„Danke."

„Kann ich dich als kleine Wiedergutmachung auf einen Kaffee einladen?" Sie schüttelte lächelnd den Kopf. Es war ja wohl eindeutig ihre Schuld gewesen, oder zumindest die des blöden Schlüssels, also hatte er gar keinen Anlass, sich zu entschuldigen. Davon abgesehen, musste sie wirklich los.

„Leider nein, ich bin echt spät dran." Sie nickte ihm zum Abschied zu und machte sich schleunigst vom Acker.

Idas Maschine stand gleich um die Ecke auf einem Angestelltenparkplatz der Universität. Ihr Schätzchen parkte, wie immer, ganz am Rand, wo das Dach des Vorbaus des Eingangs zur Bibliothek ein wenig Schutz bot. Niemand schien es zu wagen, den Platz für sich zu beanspruchen. Egal zu welcher Jahreszeit, die Parkbucht für Idas Maschine war immer frei und wurde sogar im Winter penibel vom Schnee befreit.

Sie liebte das Gefühl der rüttelnden Kolben unter ihrem Hintern und den kühlen Wind im Gesicht zu jeder Jahreszeit. Der Oldtimer war von ihrem Onkel extra für sie in knallpink lackiert worden. Es war vermutlich die einzige Java 350 Typ 354 von 1960 in dieser Farbe, die weltweit existierte.

Und wohl die umstrittenste. Es gab kein Familientreffen, auf dem die Männer der Familie nicht an ihrem geliebten Schätzchen herumkrittelten. Sie öffnete, in Erinnerung an die letzte Diskussion dieser Art, das Gepäckfach. Dieses hatte der Bruder ihrer Mutter auf Idas Wunsch hin zusätzlich angebracht.

Sie zog ihren Helm hervor und strich sacht über die wunderschönen Farben auf der Oberfläche. Zu ihrem letzten Geburtstag hatte einer ihrer Brüder diesen nämlich mit einem supergenialen Airbrushbild verschönert. Es zeigte einen Wolfswelpen, der breit grinsend auf einer rosa Zuckerwattewolke schwebte. Aus der Wolke wuchsen zu beiden Seiten wunderschöne, dichtgefüllte Damaszenerrosen. Ida meinte jedes Mal beinahe, den Duft riechen zu können. Sie strich ein letztes Mal über die rosaroten, dreidimensional erscheinenden Blüten, bevor sie sich den Helm überstülpte. Ida schwang gerade ein Bein über die Maschine, als der Motor eines schweren Motorrads hinter ihr näherkommend knatterte. Sie warf einen Blick über die Schulter, während sie den Schlüssel ins Zündschloss schob. Der Fremde von eben saß auf einer großen Maschine und grinste sie breit an.

„Wenn ich dich schon nicht einladen darf, dann möchte ich dich zumindest ein Stück begleiten. Schreckliche Farbe

übrigens, deine Maschine. Verweigert das Teil nicht den Dienst, seit es pink tragen muss?"